幽默西游

之五

哮天犬交女朋友

周　銳◎著
洪義男◎圖

序

昨天拿到了去臺灣的機票，一個月後我將飛過海峽。雖然現在從大陸去臺灣已很容易了，我還是有點感慨。二十年前我的作品開始陸續在臺灣出版，但二十年來我只能跟臺灣的朋友和讀者在大陸見面。這次我終於可以跟我的書一起去對岸，去跟我的臺灣讀者在臺灣見面了。在臺灣我會有幾次演講，其中一場是面對故事媽媽，主辦單位要我提供一個題目，我想了想說：「就叫《我是故事爸爸》吧！」在大陸還沒有故事媽媽這樣的團體，所以在臺灣的演講會給我新鮮又親切的感覺。

我已經見到聯經出版公司連續推出的《幽默三國》、《幽默紅樓》和《幽默水滸》，就差《幽默西遊》了。前不久有位臺灣朋友來我家，她正在做以我的作品為選題的碩士論文。在我的書房，她拍了一些照片用作資料，其中拍到一套名為《孫小聖與豬小能》的連環畫，這就是《幽默西遊》的前身。一九八七年，我剛從長江油輪調回上海，在鋼鐵廠當駁船水手。我們經常在一位朋友家裡碰頭，為了合作這套連環畫，一個人編腳本，一個人用鉛筆畫初稿，一個人用鋼筆勾線。有時候我也必須畫幾筆，比如：孫小聖的兵器石筍和豬小能的兵器石杵，沒法說清楚，我只好畫給他們看。那時還沒有電腦，全用手寫、手繪，傳送文稿和畫稿都得親自搬來搬去。二十幾年過去了，現在的網路傳輸多方便。最近有位江蘇無錫的讀者給我發來郵件，說他小時候很喜歡連環畫《孫小聖與豬小能》，現在人到中年仍沒忘懷。他已無法再買到這套連環畫，問我能不能借他一套複印。我家裡保存了兩套，就把其中一套送給他。因為我很能理解那種童年情結。我的前輩任溶溶先生曾在上世紀六〇年代寫過一篇童話〈沒頭腦和不高興〉，那個叫「沒頭腦」的孩子當了建築師，卻忘記設計電梯，大家只好很辛苦地爬高樓。一個讀過這篇童話的小女孩後來真的當了建築師，她找到任先生，說：「我可從來沒忘記裝電梯啊！」這就是可愛又可貴的童年情結。我希望，再過二十幾年，有臺灣的讀者在大陸或臺灣見到我，或者沒有見到我卻給我發來電子郵件，你們會說：「我小時候讀過《幽默西遊》，我還記得孫小聖和豬小能的故事呢！」這多有意思啊！

周銳

目次

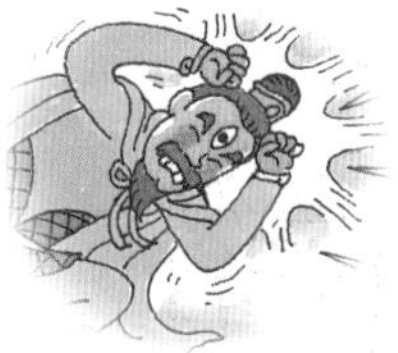

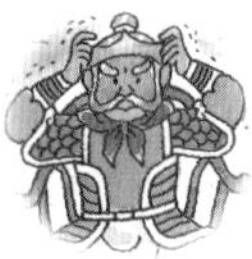

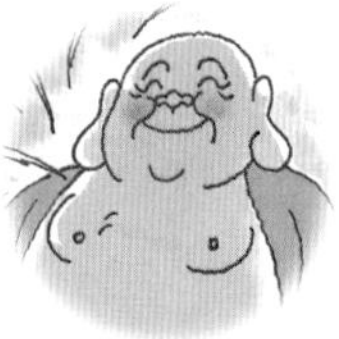

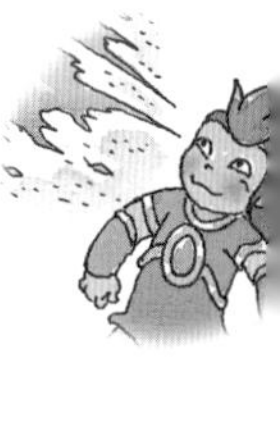

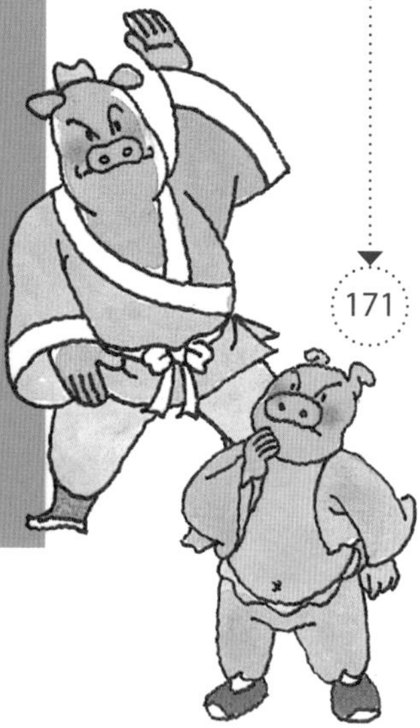

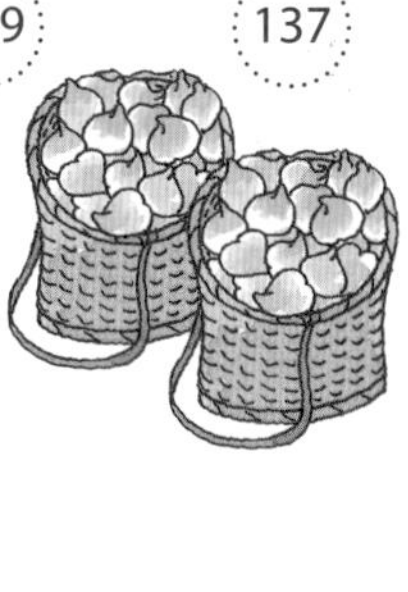

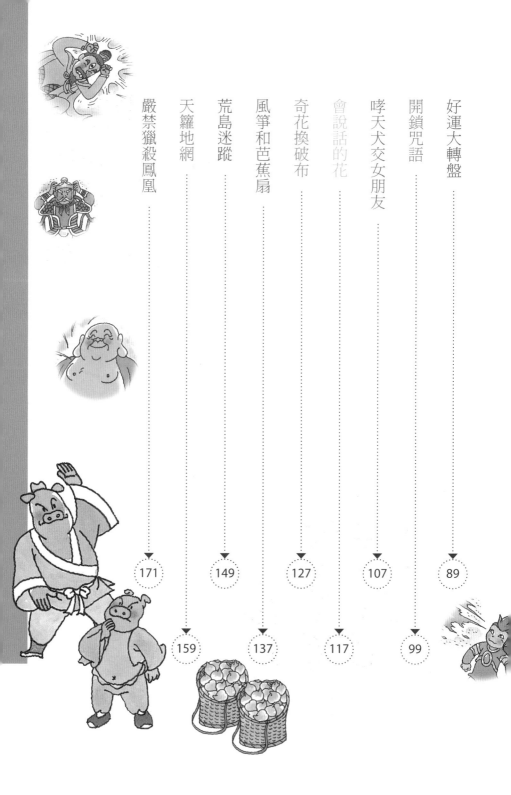

前情提要

崑崙姐弟想在重陽節登天，於是在崑崙山搭建天梯，就在天梯快要完成時，卻轟然倒塌。沮喪的崑崙姐弟原本決定永不見人，幸而得到小聖、小能的幫助，向楊不敗借來火眼，展開煉石搭梯的工作。然而，崑崙英卻不信任楊不敗，轉而向楊不敗提出挑戰……

沒了天梯，有了朋友

於是，楊不敗取出一對如意石蘑菇。

崑崙英拔出一柄祖傳崑崙劍。

「看劍！」

「接招！」

二人你來我往地鬥了起來。

石蘑菇忽然長大了，立在地上，像兩棵粗壯的大樹。

楊不敗在蘑菇間躲躲藏藏，轉轉繞繞：「哈哈，來呀！」

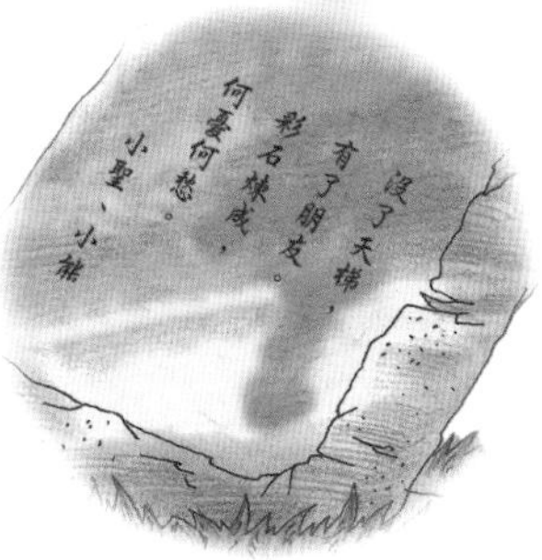

崑崙英仗劍追趕：「別跑，臭小子！」

楊不敗一蹦，躍上蘑菇頂：「來呀，來呀！」

崑崙英跟著跳上去，還沒站穩，楊不敗就跳開一蹬——崑崙英摔下來，歪倒的石蘑菇正好壓住了她。

那把崑崙劍脫了手，崑崙英怎麼也搆不著，被楊不敗拾起。

楊不敗一手持劍，額頭上那對火眼噴出火焰。火焰像花朵一般在劍上盛開，劍刃很快被燒紅了。楊不敗唱道：

真火出火眼，
煉石先煉劍，
煉得劍兒彎又彎！

然後，扔下彎彎劍，去小能耳邊說悄悄話。

壓在石蘑菇下的崑崙英生氣地想：「他們在嘀咕什麼？一定在笑話我。討厭！」

崑崙英招呼崑崙勇：「我的移石咒對這蘑菇不管用。弟弟，快來幫我一把！」

「可是，」崑崙勇打量一下石蘑菇，「靠我一個人也是白費勁。」

崑崙勇使出吃奶的力氣：「呀——！」

果然，石蘑菇紋絲不動。

楊不敗笑道：「看來，不靠人幫忙還是不行。起！」

一對石蘑菇應聲飛起，又從大到小，回到楊不敗手中。

「後會有期！」楊不敗揮一揮手，駕雲離去。

崑崙英爬起來，拍去身上的土，拾起那柄燒彎的劍：「哼，還說來幫忙，這不是搗亂嗎？」

小能把劍放到石板上，一邊用他的石杵捶打，一邊對崑崙英說：「你可錯怪楊不敗了。」小能將彎劍打直，「嗖」地一揮，劍頭上立即噴出火來；又一揮，火就停了。

「瞧，楊不敗將真火蓄積在劍裡，可以隨用隨取。」

崑崙姐弟呆住了。

小能又說：「要知道，他把真火給了別人，自己可是很傷元氣的呢！」

「我……」崑崙英又感動，又羞愧。

「別說了，打鐵趁熱吧！」

於是，崑崙勇揮動長鞭，裁出石料；崑崙英揮劍噴火，精煉彩石。

這才是正宗煉石。

再說楊不敗回到家，楊戩的撈錢術還沒傳授完呢：

「不用怕昧良心，現在良心不值錢了……」

小聖見不敗回來，趕緊恢復本相。

楊戩大吃一驚：「這——！」

小聖對不敗說：「你來了，我該走了。聽了這麼多瘋話，要好好洗洗耳

朵呢！」

彩石終於煉成，崑崙姐弟開始重搭天梯。

先用最堅固的紫石打基礎，往上依次為藍石，綠石，黃石，赤石，新造的天梯再次接近南天門。

「唔，好漂亮的彩石天梯。」楊戩看見了，骨碌骨碌轉動起三顆眼珠，「我倒想造一座彩石宮……」

他去對崑崙英說：「喂，小姑娘，我來幫你的忙。」

崑崙英變了，再也不會那樣「拒人於千里之外」了。

「我好高興，」她說，「你好熱情喔！」

楊戩說：「你們不是想登天嗎？我的哮天犬領你們『天堂一日遊』，往返雲車接送。怎麼樣？」

「你是說——？」

「這樣你們就不用天梯了，剩下的彩石給我造一座彩石宮，省得浪費了。」

小聖、小能已經在旁聽了一會兒，這時小聖忍不住了：「你這是假幫忙，真搶劫！」

崑崙英說：「我不能答應你。」

「不答應？」楊戩的臉部肌肉有點兒僵硬，「沒關係，好辦。」

楊戩走掉了。

楊戩去奏報玉帝，說崑崙氏不經批准，私搭天梯。

玉帝一聽：「這還得了！傳旨，折了。」

楊戩與匆匆趕往崑崙山，對著崑崙姐弟抖開聖旨：「瞧，這是玉帝旨意，可怪不得我。」

楊戩施起搬山之法，將五色彩石全部搬走。

崑崙勇忍不住問：「搬到哪裡去？」

楊戩說：「這你們就別管了。」

五色斑斕的彩石宮很快落成。

別提楊戩多得意了：「九天之上，誰還擁有這樣漂亮的別墅？」

但他得意得太早，楊不敗把爸爸霸占彩石建造別墅的事告訴了小聖和小能。

小能說：「真不像話！」

小聖說：「『彩石宮』？我們不是有金星老伯送的遙寫神筆

嗎，去他們區上改幾個字，氣死他！」

說到金星，金星就到。

「別急，再想想。」金星是有名的智多星，「可以用楊戩的辦法來治楊戩……」

金星提一盞燈，去見玉帝。

玉帝說：「還沒到元宵節呢，愛卿就在玩燈籠了？」

金星說：「這不是正月十五應景的燈，這是『觀四方魔燈』。萬里之外的各種景物、建築，都能在這四面燈屏上顯現出來。」

玉帝立刻起了興趣。

金星讓玉帝先看南方。燈屏上映現出富麗堂皇的彩石宮。

玉帝好激動：「這是為朕造的嗎？」

「不，」金星奏報，「這是二郎神的新別墅。連陛下都不造這樣的奢華建築，他楊戩竟敢——」

玉帝氣來了：「這還了得！傳旨，折了。」

這道聖旨一下，崑崙山上立即下起彩石雨。

崑崙姐弟望天歡呼：「彩石回來了！」

彩石雨將止時，崑崙英眼尖，指著空中說：「瞧，最後一塊石頭上有字！」

等那塊石頭落地，姐弟倆上前讀出石頭上的字——

沒了天梯，
有了朋友。

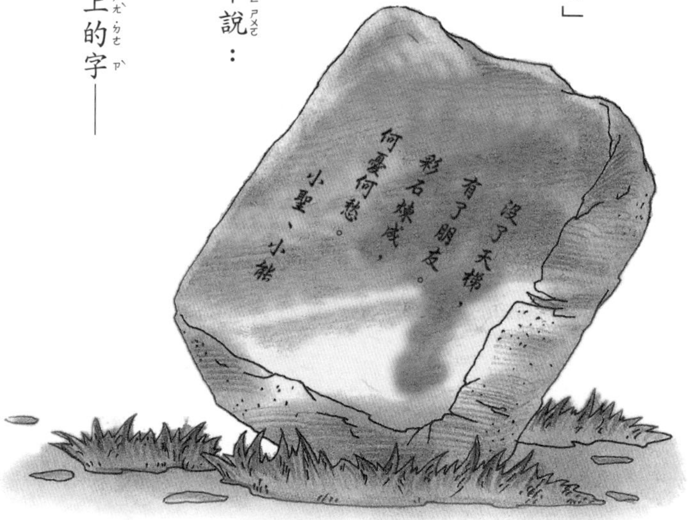

彩石煉成，
何憂何愁。

小聖、小能

崑崙英道：「他們說得對。有了朋友，有了彩石，我們可以做許多比搭天梯更有意思的事！」

屋裡敲門屋外開

一天，小聖和小能在瓊樓玉宇間閒逛。

他們路過織女住的經緯閣，聽見裡面傳出哭聲：「我的恩公，我的寶貝！怎麼弄成這樣，真叫我心疼呀！」

小聖、小能覺得奇怪，便向屋裡大聲問：「織女姑姑，你為什麼哭？」

織女開門看：「啊，這兩個淘氣鬼。你們一定是知道我為什麼哭，所以存心來捉弄我！」

「這是怎麼回事？」「她冤枉我們！」小哥倆正在吃驚地議論，織女卻忽然拋

出手中金梭——

金梭懸在空中，吐出一條條彩線纏向小聖和小能。

轉眼間，他倆便背對背地被捆了起來。這彩線看起來很細，卻是掙不斷，脫不開。

織女生氣地說：「我去把你們的爸爸找來，看你們下回還敢不敢！」

「站住！」小聖說，「不用向爸爸告狀，請當面說明，該認錯的我們會認錯。」

小能說：「好漢做事好漢當！」

織女看他們一副英雄氣概，便收回金梭，替他們鬆了綁，一邊伸手到懷裡去掏——

小哥倆瞪大了眼睛。

掏出來的是一隻極難看的無毛鳥兒！

織女說：「這就是每年七夕替我和牛郎搭橋的烏鵲，被你們糟蹋成這樣，缺

不缺德！」

小能急忙發誓：「我要是沒做過這事，就讓我長三個鼻孔！」這誓發得急了些，原本他應該說：「我要是做過這事……」可是來不及改了。話音剛落，小能的鼻子果然變成三個洞洞。

織女和小聖好奇地盯著小能的新鼻子看。

小聖覺得好玩，也來發誓：「我要是沒做過這缺德事，就讓我只有一隻眼睛吧！」

小聖也立刻變成了獨眼龍。

織女這才相信，她也趕緊發了個誓：「他們要是沒搗亂過，就讓他們變回原來的鼻子和眼睛吧！」

小聖、小能恢復原樣，他們保證一定會幫織女找到做壞事的人。

小哥倆告別織女，四處巡視。

忽然，小聖警覺起來：「我好像聽見鳥『喳喳喳』地亂叫！」

他倆催起雲頭，只見二郎神的兩個兒子盯著空中成群的烏鵲。

「是楊不輸和楊不敗，」小能說，「他倆在這兒幹嘛？」

楊不輸對弟弟說：「先瞧我的！」

唰！唰！楊不輸額頭冰眼發出兩道寒光，直射鵲群。

立刻有幾隻烏鵲被凍僵，掉了下來。

楊不敗說：「輪到我露一手了。」

見弟弟要用火眼，哥哥連忙阻止：「不行，要活的，不要烤熟的！」

弟弟說：「我自有辦法。」

兩道帶著火焰的光柱，從楊不敗的一對火眼射出，繞著空中的烏鵲畫起了圈圈。

火光圍繞下，又有幾隻熱昏的烏鵲掉下來。

見楊家兄弟拾起烏鵲，提在手裡，小聖、小能衝了過去。

小聖說：「好哇，你們傷害鳥類，不怕被罰嗎？」

小能說：「倒讓我們被冤枉！」

楊不輸指著手裡還在直眨眼的烏鵲：「我們沒把鳥打死，不能算傷害呀！」

楊不敗說：「我爸爸說要研究烏鵲，叫我們出來抓的。」

「想不到二郎神成了學者。」小聖朝小能眨眨眼，「咱們跟去看看。」

到了楊戩家，只見大門緊閉。

「咚咚咚！」楊家兄弟敲門。

門只開了一條縫，楊戩用額上那隻眼睛朝外面望了一望。

「又抓到這麼多，好極了！」楊戩開了門，

高興地接過烏鵲。

小聖、小能要朝裡走，楊戩說：「對不起，專心研究，謝絕參觀。」

門又關上了，楊不輸、楊不敗也被關在門外。

小聖問：「怎麼回事？」

楊不輸說：「我們也不清楚。」

過了一會兒，楊戩背個大包袱，悄悄從後門走掉了。

前門外的小夥伴們，忽然聽見敲門聲：「叩叩叩！叩叩叩！」

「咦，裡面怎麼敲起來了？」大家覺得挺奇怪的。

小能喊著：「別敲了，我來開門啦！」一邊向大門衝過去。

從屋外開門比從屋裡開門費勁些，但小能有的是勁。「轟隆！」兩扇門板一下子就被推倒了。

咦？走出來一群無毛烏鵲。

無中生有湯

小聖抱起一隻烏鵲：「全都沒毛了，這是怎麼研究的？」

那烏鵲便答：「不是研究，是『硬揪』，毛都被他揪光啦！」

不輸和不敗進屋一看——

「爸爸去哪兒啦？」

「也沒看見拔下來的烏鵲毛。」

楊家兄弟商量一下，對小聖、小能說：「我們去找爸爸，弄清楚怎麼回事。」

不輸、不敗走了，無毛烏鵲們「喳喳」亂叫。

小能說：「瞧這些沒毛的鳥，怪可憐的。」

「嗯，得替牠們想想辦法……」小聖想到太上老君，「去找老君爺爺，問他有沒有長毛的藥。」

老君家不遠，抬腿就到了。

小聖、小能進了屋，老君正在廚房裡。

小能問：「老君爺爺，在煮什麼呢？」

老君端出一個火鍋：「今天吃火鍋，你們也來嘗嘗吧！」

三人在桌邊坐好。

火鍋裡的湯沸滾起來，小聖催老君：「快放羊肉片！」

老君說：「我不喜歡涮羊肉，我喜歡吃雞。」

老君又從廚房端出一大盤。

一看盤子裡，小哥倆好驚奇：「一堆雞骨頭！」

老君笑道：「等著瞧吧！」

他拿起兩根雞腿骨：「這是給你們的。」說著將雞腿骨浸入滾湯裡，「你們來數一二三。」

小聖、小能便數起數來：「一、二——三！哇！」

老君從湯裡撈出兩隻肥肥的雞腿！

「這是怎麼回事？」小哥倆邊吃邊問。

老君把盤子裡的雞骨頭全都倒進湯裡：「這叫『無中生有湯』，非同一般。」

小能啃完雞腿，將骨頭朝後一扔——

「別扔掉！」老君一個「魚躍撲救」，接住了骨頭，「下回吃雞時還要派上用場呢！」

小聖靈機一動，問老君：「這湯能長肉，也能長毛嗎？」

老君說：「長當然是能長，但雞肉能吃，雞毛不能吃，長它幹嘛？」

小聖便把無毛烏鵲長毛的事說一遍。

老君也是熱心人，就把火鍋裡的湯倒一點兒在小碗裡，說：「長毛的湯不用像長肉的湯這麼濃，可以沖淡了用。」

小聖和小能謝過老君，連忙趕回。

無毛烏鵲們迎上前來：「有辦法了嗎？」

小聖手裡端著湯碗，說：「得先找個大鍋！」

他們用石疊灶架起大鍋，在滿滿一大鍋清水裡倒進一小碗無中生有湯。

烏鵲們注意看著。

小能把水燒開了。

小聖指著滾水對烏鵲們說：「你們跳進去吧！」

「這不是要我們的命嗎？」烏鵲們大驚失色。

小能說：「別害怕，只要煮一小會兒就行了。」

烏鵲們卻十分憤怒：「這不是幫我們，是害我們！」

小聖惱火了：「辛辛苦苦為你們跑一趟，真不知好歹，咱們走！」

小能卻不願走。他想了想，拿定主意，對烏鵲們說：「幫人幫到底，不相信的話，我試給你們看。」

說畢，小能縱身跳進大鍋，滾湯四濺。

小聖和烏鵲們看呆了。

小能從湯裡冒出來時，臉上、臂上、身上全都長滿了茂密的鬃毛。

烏鵲們感動地議論著小能的鬃毛。

第一隻烏鵲對小能說：「我們是沒毛難看，你倒是有毛難看。」

第二隻烏鵲說：「他是為了幫我們才難看的。」

第三隻烏鵲說：「我們也來幫幫他吧！」

烏鵲們就來幫小能拔毛。小能忍著疼，直到難看的鬃毛一根根拔淨。

隨後，烏鵲們放心地跳進了無中生有湯……

烏鵲們飛出滾湯時，已經長出滿身羽毛：「謝謝你們了！」

小能對小聖說：「我們總算沒有白吃苦。」

其中一隻烏鵲把一根羽毛送給小能：「有事找我們幫忙的話，只要對著羽毛吹三下。」

烏鵲們用新長出的翅羽飛起來，飛遠了。

「不過，」小聖忽然想到，「要是他們再被楊戩拔了毛，我們不就白花力氣啦？」

小能說：「那咱們還是得找楊戩說清楚。」

＊＊＊

再說楊不輸和楊不敗，為了找爸爸，從高空找到中空，從中空找到低空，現在又壓低雲頭，做超低空飛行，下方城池的街道行人已清晰可見。

忽然不敗喊道：「那不是爸爸的哮天犬嗎？」

不輸說：「跟著牠！」

兄弟倆降到地面，跟著哮天犬左拐右拐。

眼看哮天犬進了一家商號，商號匾額上寫著——

天地合營
飛鞋世界

不敗嘀咕道：「爸爸什麼時候開起店來啦？」

他倆走進店裡，見一批鞋匠在做鞋。

楊不輸有禮貌地打招呼：「師傅們忙啊？」

鞋匠們笑道：「一看就知道是楊老闆的兒子。」

楊不敗見一位鞋匠正將一根羽毛縫進鞋幫，便問：「做鞋還要用羽毛？」

那鞋匠答道：「這是做飛鞋專用的飛毛。」

鞋做好了，還要在鞋跟綁一根線，緊緊拴住才不會飛走，每個鞋匠的椅背上都拴了好幾雙飛鞋。

「我知道了，」不輸對不敗悄悄地說，「這『飛毛』就是烏鵲的羽毛。」

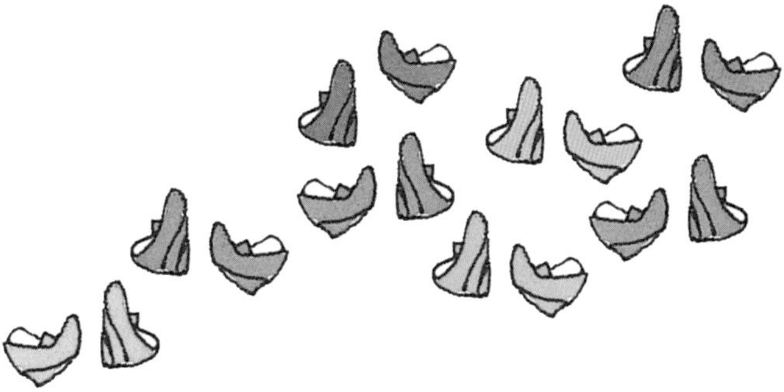

神通和錢通

楊戩出現了。

「哈，你們來得正好，我正缺兩個站櫃檯的小夥計呢！」

不輸問：「爸爸，你怎麼會想到要開鞋店？」

楊戩說：「手氣不好，又輸給李天王了，不想辦法發點財還行嗎？」

不輸、不敗從沒站過櫃檯，就來試個新鮮。

進來第一位顧客，是個和尚。

和尚說：「把你們的飛鞋拿給我試試。」

楊不敗便找了雙僧鞋款式的飛鞋，將兩根線頭小心地交到和尚手中。

和尚穿上飛鞋，立刻離地一尺。他很滿意，說：「我雲遊四方，鞋最容易壞。這鞋走路不沾地，耐穿多了。」

和尚走了，又來了個媒婆。

媒婆穿上飛鞋，高興地嚷嚷起來：「做我這行，就是要跑。跑斷了腿，跑折了腰，有了這鞋，賽過坐轎，奔東串西，效率提高。」

又來了個拿著三股叉的顧客，這是個獵戶。

他穿上飛鞋，說出他的心得：「和野獸打交道，有時該追，有時該逃。有了這鞋，追的時候叫你逃不掉，逃的時候叫你追不上。」

又來了個顧客。

不輸問：「您是做什麼的？」

顧客說：「不能告訴你。」

「還保密？」不敗猜道，「那您一定是專抓強盜、小偷的公差，對吧？」

「猜對一部分了。」這顧客掏出一串銅錢，「我要買兩雙飛鞋。」

他是個小偷。買了飛鞋，腳上穿一雙，手上飄一雙，就去找他的同行弟弟。

這時小聖和小能正在尋找楊戩。

「小聖，你瞧！」

「真是好玩，還沒見過會飛的鞋子。」

小偷不知道小聖和小能跟在後面，對他的飛鞋感興趣。

小偷看見了弟弟，小偷的弟弟正在偷東西。

小偷的弟弟趁著一位老者不注意，毫不猶豫地把手伸進了老者的懷裡。

但小偷的弟弟很拙，他偷出一個小布包，馬上被老者抓住了手腕。

老者訓斥道：「我落下來的牙齒捨不得扔掉，你竟敢偷我的牙齒！」

小偷的弟弟用另一隻沒被抓住的手打開布包：「果然是牙齒，我還以為是碎銀子呢！」

一個旁觀的壯漢叫道：「偷牙齒也是偷，送他去衙門！」

壯漢一把揪住小偷的弟弟。

小偷連忙上前為弟弟解圍：「等一下，等我弟弟換雙鞋子，再跟你們去。」

小偷的弟弟穿上了飛鞋。

小偷拉著弟弟騰空而起：「對不起，失陪啦！」氣得眾人乾瞪眼。

兄弟倆一邊飛行一邊交談。

哥哥問：「你被人家抓住過幾回啦？」

「我想這應該是最後一回了，」弟弟說，

「多虧哥哥送我飛鞋。」

小聖、小能駕著雲在後頭跟蹤。

小聖說：「聽聽他們又想偷什麼。」

小偷兄弟坐到一棵大樹上。

哥哥說：「天快黑了，你跟著我，穿著飛鞋去偷飛鞋。」

弟弟說：「行，這是稀罕的寶貝，能賣好價錢。」

當晚，小偷兄弟來到「飛鞋世界」，不費勁地上了房頂，趴在天窗上朝下望。

有道是「螳螂捕蟬，黃雀在後」，小聖和小能便在做「黃雀」。

屋裡，二郎神正翹著他發明的二郎腿，起勁地數著錢。

不輸對不敗笑道：「瞧爸爸的財迷樣！」

數錢數累了，楊戩吩咐兩個兒子：「我要睡了，給我奏首晚安曲吧！」

晚安曲包括錢罐的獨奏和錢壺的合奏——

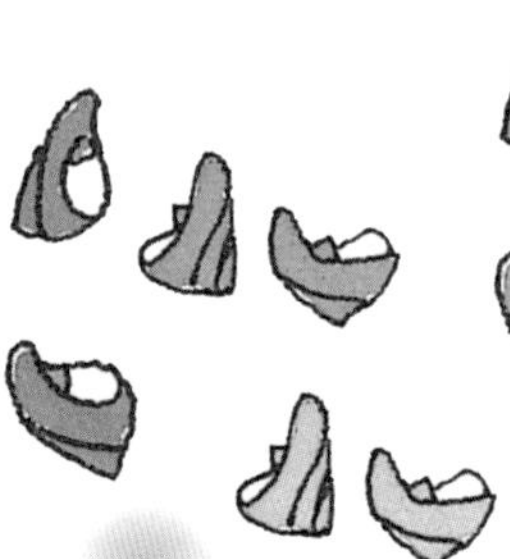

楊不輸不停地將錢投進一個罐子裡，「叮！叮！叮！叮！……」

楊不敗雙手搖動一個壺，「嘩啷！嘩啷！……」

楊戩在錢樂聲中很快打起呼來。

見不輸還在繼續向罐裡投錢，不敗想了個調皮主意：

「換扔顆麻將進去，試試看。」

「噹！」不敗將麻將牌投進罐裡。

楊戩立刻驚醒：「不對，走音了！」

楊不輸驚歎道：「只知爸爸有神通，誰知他的錢通比神通還要厲害！」

父子們好不容易都睡著了。小偷兄弟從天窗翻下，輪到他倆發揮特長了。

小偷摸到了錢罐。

小偷的弟弟摸到了鞋架上的一雙雙飛鞋。

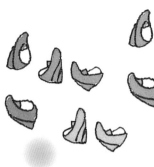

小偷的弟弟解下那些飛鞋的拴線，立刻被飛鞋拉著向天窗飛出：「哥哥，我先走了！」

小偷叮囑笨弟弟：「出去以後得找一棵大樹，不然你就下不來了！」

這時，小聖和小能從天窗撲了進來，一人抱住小偷的弟弟的一條腿：「你不用怕下不來，笨小偷！」

「小偷？哈，我正等著你們呢！」

只見「唰」的一下，楊戩睜開中間的神眼，射出一道明亮的光柱，在小偷兄弟身上掃來掃去。

楊不輸、楊不敗也醒來了。

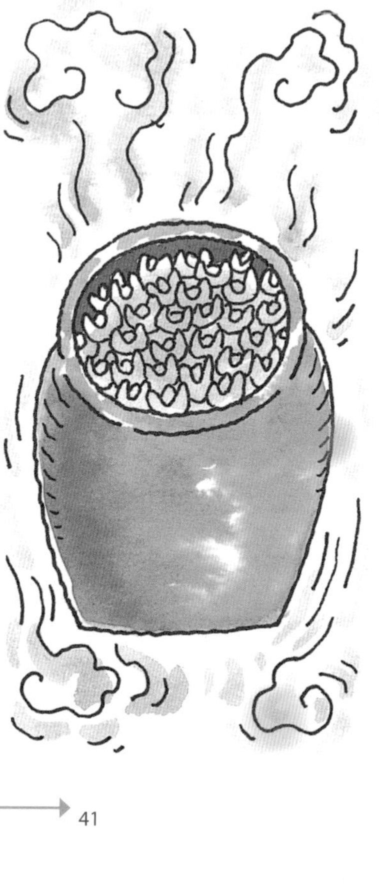

楊戩將兩個小偷護在身後，對小聖、小能揮揮手說：「別管閒事，你們走吧！」

不輸、不敗覺得奇怪：「為什麼不讓他們抓小偷？」

天機不可洩漏。楊戩摟著兩個兒子的腦袋，悄悄說了幾句。

小哥倆立刻驚叫起來：「原來你想叫小偷幫你去偷別的鞋店，好拿普通鞋當飛鞋賣！」

「爸爸您真缺德！」

這時天亮了，「砰砰砰！」門板被重重敲響。

顧客們拿著破鞋氣沖沖地闖進來。

和尚說：「這鞋一穿就破，飛毛飛走了，簡直是坑人！」

獵戶說：「害得我差點兒被豹子當成點心！」

「你得賠錢退貨！」

「快退貨！」

小聖聽大家這麼一說，便從小偷的飛鞋裡扯出「飛毛」來看：「原來你拔光烏鵲的羽毛是做這種醜事！」

小能說：「做壞事不受懲罰不行。」說著便掏出烏鵲送的羽毛，鼓著腮連吹三下。

大群的烏鵲飛來了，圍住楊戩亂啄。

楊戩的頭被啄腫了，衣服被扯破了。

顧客們還向他扔壞鞋子。

楊戩叫苦連天：「唉，虧本生意，倒楣透了！」

小聖、小能說：「活該！」

不輸和不敗也這樣說。

三腳貓的六災魔塊

玉帝有隻三腳貓，雖說牠少一條前腿，身體有點殘疾，但畢竟是玉帝家的貓呀！牠享受的待遇很好，吃的、玩的，全都應有盡有。

有道是身在福中不知福，這三腳貓卻膩了。這一天，玉帝拿來一條活蹦亂跳的鮮魚，牠竟懶洋洋地趴著，一點也不感興趣，看也不看一眼。

待玉帝走後，那貓凌空一腳，將貓食碗踢飛，恨恨地說：「做人家養的貓，真沒勁！」

「好久沒有妖怪了，我來當個妖怪吧！」三腳貓張牙舞爪地說。

趕緊來修煉，穿上道袍，盤腿打坐，單掌在胸前豎起，口中念念有辭……妖怪要有法寶，牠就煉了一樣，名叫六災魔塊。這魔塊跟賭博用的骰子一般，不過，上面沒有小圓點，而是寫了火、水、臭、蟲、吵、震六個字，這六個字代表六種災害。

三腳貓決定試驗一下……

牠來到一處樹林，擲出魔塊。魔塊在地上滾動著，停住，「火」字朝上。果然發生火災。

樹林裡大火越燒越旺。

三腳貓連忙撿起魔塊，再擲一下，這回是「水」字朝上。從天而降的大水迅速澆滅了大火。

三腳貓拿著魔塊，興奮地自語：「行了，再改進一下，最好能遙控……」

小聖和小能正在門口玩跳房子，忽見彌勒佛背著口袋，鐵拐李提著籮筐，何仙姑拎著花籃……匆匆駕雲而去。

小聖奇怪的說：「他們要去哪裡？」

「不知道。」小能說。

二人隨眾仙來到瑤池，只見王母娘娘正指揮力士給大夥兒秤桃子。原來，王母的蟠桃三百年一熟，今天是分桃子的日子。

八戒家自然也分到一份。

小聖邊吃蟠桃邊說：「真甜！」

小能拿著桃子，想起奶媽來：「我想讓奶媽也嘗一嘗……」

奶媽住在下界苗家莊，小能小時候吃的就是奶媽的奶。

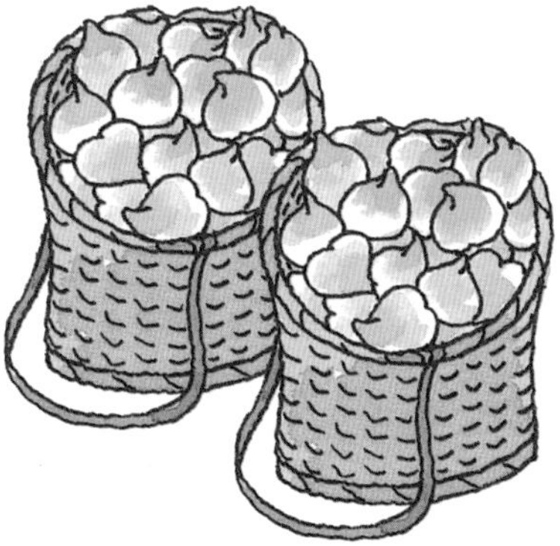

見兒子這麼有愛心，八戒感到欣慰，連忙答應小能下凡，趁桃子新鮮，送些給奶媽。

小能將桃子裝進小背簍，八戒幫他背上。臨走時，八戒叮囑道：「路上小心！」

小能說：「知道了。」

小聖送小能，一送送到南天門。

那邊，三腳貓背了一個包袱，悄悄溜出凌霄殿，一副出遠門的樣子。

走到南天門，遠遠望見巨靈神闊步追了過來。

「不好！」三腳貓驚叫，連忙躲到立柱後。

高大的巨靈神手持聖旨，一眨眼趕到南天門。

巨靈神抖開聖旨，對兩位守門天將道：「奉旨追捕三腳貓，務必嚴加盤查，不得有誤！」

小聖、小能正好趕到。

「站住，檢查！」巨靈神喊道。

小能說：「大個子伯伯，我是小能呀，不認識我啦？」

巨靈神掏出一面圓鏡，說：「也許你是三腳貓變的，要用照妖鏡照一照才知道……」

「沒辦法。」小能便將背簍放到牌樓立柱旁。

巨靈神的照妖鏡照向小能。

小聖在一旁說：「真的假不了！」

躲在立柱後的三腳貓，忽然看見

小能裝滿蟠桃的小背簍，頓時計上心來，喜上眉梢：「讓我變成桃子蒙混過關，嘻嘻，妙妙——」

說變就變。三腳貓跳上小背簍，變作大蟠桃。

照妖鏡沒有照出妖怪，巨靈神有點不好意思，他向小能道歉：「小能，對不起了。」

「沒什麼。」小能背上背簍，大方地說。

小能揮手向小聖和巨靈神告別。

「慢走！」

突然一聲大喊，二郎神楊戩來了，那條哮天犬跟在後面搖頭擺尾的。

二郎神楊戩有心要刁難小能，他神氣活現地指著小能的背簍說：「天上的桃子怎能外流下界？這些桃子嘛，充公！」

說完，從小能的背簍裡抓起一個桃子，張口就啃。

「哎喲！」

這「桃子」叫起來，「桃子」怎麼會叫？原來，這就是三腳貓變成的那只蟠桃呀！

三腳貓現出原形，楊戩正咬在牠的前爪上。

真是歪打正著。

巨靈神一把抓住三腳貓，欽佩地對楊戩說：「真有你的！」

楊戩挺胸說：「小意思，小意思……」

突然想起什麼，楊戩說：「讓我搜一搜，這三腳貓，說不定偷走了什麼寶貝……」

從三腳貓身上搜出了六災魔塊。楊戩以為是賭博用的骰子，他叫道：「哦，這玩意兒我會玩。」

三腳貓驚慌地說：「這是六災魔塊，可不能隨便玩！」

「六災魔塊？」小聖從未聽過這種寶貝，他好奇地盯著魔塊看了又看。

楊戩把魔塊裝進口袋，對巨靈神吩咐：「你把牠關起來，我去報告玉帝。」說完，轉身開溜。

巨靈神只好押走三腳貓。

而小能已跨出南天門，向下界苗家莊飛去。

楊戩沒有去報告玉帝，反而去找李天王。

李天王正閒得無聊。

「給你看個東西。」楊戩掏出那魔塊。

「哈，可以用這個玩遊戲！」李天王接過來，發現魔塊上六面有字，頓時有了興趣，喜笑顏開說。

「你是說猜字？」

「對！」李天王說，「你來玩，我來猜。」

「好！」楊戩叫道，「六個字裡猜一個，猜對了你就贏錢。」

楊戩用雙掌罩起魔塊，讓李天王猜。李天王衝口而出：「我猜──火！」

「開寶啦！」

楊戩打開雙掌，讓魔塊滾起來。

***

再說小能，背著一簍蟠桃，一路順風，趕到苗家莊。

奶媽見了小能，激動得一把將他摟住：「寶貝，想死奶媽了。」

「奶媽，我是特地給您送蟠桃來的。」

「小能真懂事！」奶媽笑瞇了眼。

吃著吃著，奶媽皺起眉頭，吸著鼻子，說：「咦，怎麼有點臭味？」

「新摘的桃子，不可能發臭的呀！」小能說。

然而那臭味卻越來越濃，臭得讓人受不了啦。

一家人全都捂起鼻子。小能簡直要哭出來了，「這是怎麼回事呀？」

原來，剛才楊戩「開寶」，擲起六災魔塊，竟是一個「臭」字，於是人間便遭了臭災啦！

禍從天降

李天王輸了錢，不服氣。他搶過六災魔塊，合在雙掌中，對二郎神楊戩說：

「這回你來猜，我來擲！」

「好吧，我猜就我猜！」楊戩說，「我猜——『震』！」

「開寶啦！」

魔塊從李天王掌中滾出，在空中打著旋，落在地上，又像陀螺似地轉個不停。

二人趴在地上，眼睛盯著魔塊：火——水——臭——蟲——吵——震——火——水……

「哈，是『吵』！」李天王興奮得大叫，「我贏啦！願賭服輸！」

六災魔塊，正是「吵」字朝上。

楊戩只得將剛贏進來的銀子，又重新輸出去。

天上賭輸贏，人間降災情。

這回鬧的是吵災。

媽媽跟爸爸，爸爸跟兒子，兒子跟奶奶，奶奶跟姑姑，姑姑跟同事，同事跟老師……天哪，全都因為雞毛蒜皮的一丁點兒小事而大吵特吵，不可開交。

一片雜訊傳到小能的奶媽家。

大家不約而同地摀住耳朵。

小能受不了，嚷道：「耳朵都要吵聾啦！」

他連忙合掌發功，可是使盡神通，卻沒法消災。

吵災尚未結束，臭災再度襲來。

奶媽掩耳：「吵死啦！」

小能捂鼻：「臭死啦！」

又吵，又臭，真難受。小能急急駕起雲頭，心裡說：「我回天上找朋友們想辦法！」

＊＊＊＊＊＊＊＊＊＊＊＊＊＊＊＊＊＊＊＊＊＊＊＊＊＊＊＊＊＊＊＊＊

小聖正跟楊家兄弟在一起。

小能找到他們，報告人間災情。

小能說：「真是禍從天降，也不知道為什麼就這麼吵，為什麼這麼臭？」

聽小能一說，小聖轉動眼珠，思忖道：「吵？臭？嗯——，這事也許跟楊戩有關係……」

小聖問楊家兄弟：「不輸，不敗，你們的爸爸去哪啦？」

不輸說：「我爸爸去找李天王了。」

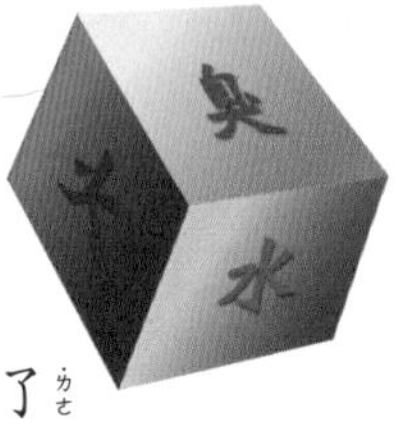

不敗補充：「肯定又在賭什麼，我爸最喜歡賭博……」

「賭博？」小聖聯想起三腳貓那骰子模樣的六災魔塊，「這就對了，我記得那魔塊上，就有『吵』字、『臭』字……那魔塊又正好被楊戩拿走了。」

「你們回家看看吧！」小聖對楊家兄弟說。

「好！」不輸、不敗迅速趕回家。

家裡空蕩蕩，爸爸還沒回來。

突然，不敗指著門外對不輸說：「瞧，爸爸回來了，這回肯定又輸光了！」

只見二郎神楊戩光著身子，只剩一條短褲，垂頭喪氣地踏進門。

「今天手氣太背！」楊戩對兒子們說，「就連身上這條短褲，還是向李天王借來的呢，真不好意思……」

楊不輸眼尖，一下就看見爸爸手中的魔塊，那魔塊正好「臭」字朝上。

「哼！好哇，果然是你們把人間搞得烏煙瘴氣，臭氣熏天！」不輸跳起來指責老爸。

「你說什麼？這寶貝能出臭氣？」楊戩盯著掌中的魔塊笑起來，「哈哈——生財有道嘍！」

楊戩穿上衣服，立刻去天牢裡找三腳貓。「要是掌握了消災的方法，我就可以敲人家竹槓，收取『消災費』啦！」他想得可真美呀！

走進天牢，楊戩對關在鐵欄裡的三腳貓說：「你想早點出去嗎？要想早點出去，就要立功贖罪；要想立功贖罪，你最好找我，比方說……」

「我知道，你想要消災咒語。」三腳貓說。

「哈，你真聰明！」

「好吧！」三腳貓無奈地說，「反正我也當不成妖怪了，就把消災咒語教給你，讓你

去當妖怪算了……」

「我會想辦法救你出去的。」學會咒語，楊戩回頭對三腳貓說。

「得人錢財，替人消災，但不知這消災咒語到底靈不靈？」楊戩邊走邊想，「對，再找李天王試驗一下……」

李天王贏了許多金銀財寶，還有衣服、鞋帽，心裡真高興。他在等待二郎神楊戩再送錢來。

突然，「嗡嗡嗡嗡——」幾隻蚊子飛過來，圍著他轉，「咦，哪來的蚊子？」一隻蚊子在他臉頰上一記長「吻」，「吻」得李天王心頭火起。他毫不客氣地一掌擊去……蚊子沒打著，「嗡嗡——」又飛了。

李天王這人真怪，打自己耳光，竟也不留一點情面。

更多的蚊子冒出來，撲過來；接著無數蒼蠅長驅直入，「洶湧澎湃」；還有蝨子、臭蟲、蟑螂……

李天王心驚膽顫，魂飛魄散，他大叫起來：「救命！救命哪——」

就在這時，楊戩輕輕念動消災咒語：

沒水沒火，
不臭不震，
安安靜靜，
蟲子死乾淨。

咒語立刻見效，所有的蟲子全都死了，像雨點一樣落在地上，鋪了厚厚一層。

「咦？」李天王見是楊戩，又奇怪又欽佩，「楊兄，真有你的！」

沒料到，二郎神楊戩根本不買帳，他突然變了臉，伸出手，厲聲對李天王喝道：「想要不再被蟲咬，就把贏我的那些錢，全部給我吐出來！」

「好吧，我、我、我這就吐……」

楊不輸、楊不敗尾隨爸爸，終於發現了事情真相。

「糟了，沒聽清楚消災咒語。」

「我也沒記住。」

小哥倆不知道怎麼辦才好。

楊戩捧著一大堆金銀財寶，大笑著走出李家：「哈，成功啦！」

回到家，楊戩藏好金銀財寶，仰躺在靠背椅上，翹著二郎腿，想著歪心思：

「下一個目標是……」

想著想著，楊戩睡著了。睡著了就做夢，做了夢就說起夢話：

沒水沒火，

不臭不震，

安安靜靜，

蟲子死乾淨。

這夢話正好被不輸、不敗聽見，他們找到小聖和小能，將事情原委告訴他們。

不輸說：「消災咒語我們都記下來了。」

「幹得好！」小聖誇道。

於是他們四人一起直奔凌霄殿，面見玉帝。

小聖說：「玉帝爺，二郎神心術不正，借寶訛詐……」

玉帝卻不以為然，他說：「小孩子最好不要管大人的事。」

玉帝話音未落，忽然發生了強烈地震。搖得挺劇烈的，玉帝竟跌了一跤，他驚慌地大叫：「不好了，地震！」

這時，二郎神楊戩「挺身而出」：「陛下，這不是地震，是天震。快撥一筆抗震款，我去想辦法！」

小聖雖說也被震得東倒西歪，但頭腦還是很清醒的，他大聲說：「你不用搗鬼，騙不了誰。玉帝，別信他，我們也有辦法！……沒水沒火，不臭不震——」

小夥伴們齊誦咒語，很快平息了「天震」。

玉帝生氣地盯著楊戩：「原來是這樣……」

楊戩十分尷尬，這一次又丟臉了。

冷冷熱熱

小聖去找小能玩。

小能躺在大樹下的吊床上，向小聖搖手：「玩不動了，熱死啦！」

小能的頭上、身上汗直淌。

小聖只好往回走，一邊走，一邊想，「他這麼怕熱，但願明天天氣會涼快一些。」

但第二天天氣更熱了。

小聖想：「去看看小能熱死沒有？」

剛走到小能家門前，就聽到門裡傳出小能的喊聲：「熱死啦！熱死啦！」

既然能說「熱死啦」，就一定沒有真的熱死。小聖鬆了一口氣：「還好……」

來到小能家後園樹林裡，只見小能依然躺在床上，身上的熱汗把吊床都打濕了。

小聖飛身一躍，吊在樹枝上盪起鞦韆來。

小能問：「小聖，你怎麼不怕熱？」

小聖說：「胖人怕熱，瘦人怕冷吧！」

就在這時，八戒「哼哧哼哧」走回來，扛著一個大冰塊。

大冰塊放在地上，「燙」起一片水氣，「滋滋」地響。

小能立即從吊床上翻身躍下，迫不及待地趴在大冰塊上，嘴裡連聲地說：「真舒服！真涼快……」

八戒指著冰塊對小聖說：

「這是我從喜馬拉雅山神那裡高價買來的『不化冰』。」

八戒的話音剛落，卻見小能身下的冰，早已化成了一小塊，地上流淌著一大灘水……小能都快要趴到地上了。

小能叫道：「爸爸，你上當啦！」

八戒吃驚地看著眼前的變化，喃喃道：「人說便宜沒好貨，怎麼高價也買不到好貨呢？」

「應該有別的辦法，」小聖拉著小能出門，「咱們去找老君爺爺。」

二人走進老君爺爺的大院子，只見老君爺爺正在太陽底下閉目靜坐，一動也不動，渾身上下不流一滴汗珠。

兩人不禁吃驚：「怪了，這麼大的太陽下，老君

爺爺還能靜坐？」

研究研究，他為什麼不怕熱……

他倆圍著老君爺爺轉圈子，轉了一圈又一圈，一邊轉，一邊細細觀察。

小能突然發現老君爺爺的頸子後面，與眾不同地貼著一小塊紙片。

小能說：「咦，一片小膏藥！」

小聖在嘴邊豎起一根指頭，提醒小能別出聲，然後輕輕巧巧地爬上樹。一個「金鉤倒掛」，伸出手，悄悄撕下那片「膏藥」。

「膏藥」一撕下，老君忽然睜開眼，滿頭大汗地叫道：「好熱，熱死啦！」

那汗出得可真快，到底是怎麼冒出來，簡直是一個謎。

老君成了一座熱汗飛濺的人造「噴泉」！

小聖故意舉著那紙片，在院子裡轉著圈子跑，引得老君追趕不休：「小調皮，快把我的避暑符還來！」

小聖還是跑不贏老君。

老君奪過避暑符，趕緊貼回自己的後頸。

小聖只得向老君求情：「老君爺爺，小能怕熱，您送他一張避暑符吧！」

老君要靜坐修煉，纏不過孩子們。他拿出一張小紙片（紙片上畫著誰也看不明白的符號），遞給小能：

「好吧，拿著，你可以舒舒服服過個夏天了。」

小聖幫小能把避暑符貼到後頸上。

小能一蹦三尺高：「哈，好涼快！」

小能涼快了，馬上想起小聖說過的話，胖人怕熱，瘦人怕冷。他轉過身，也來請求老君爺爺。

「有避暑符，就該有避寒符，小聖最怕冷了……」

老君隨即摸出另一張符，遞給小聖：「好事做到底，喏，給你避寒符，不過現在貼它還太早。」

「我知道。」小聖接過避寒符。

離開老君府，小聖對小能說：「有了避暑符，你現在不會熱死啦！」

「小聖，謝謝你。」

二人來到小能家。

可憐天下父母心，八戒為了給兒子降溫，更是想盡了辦法，上回從喜馬拉雅山神那裡，高價買回「不化冰」，沒想到是假冒劣質產品，大呼上當。接著，又親自出馬，登天山，過天池，好不容易捉來一對晶瑩剔透的冰蝴蝶，喜孜孜跑回家。一放飛，本想讓冰蝴蝶給室內降降溫，沒想到，高溫非但沒有被冰蝴蝶降下來，冰蝴蝶反倒被高溫轉化，變成了兩隻人見人怕的火蝴蝶。

急得八戒火燒眉毛，焦頭爛額。

這下，又託人從火焰山下，空運來一顆哈密西瓜（哈密瓜與西瓜甜蜜婚姻的新生代產物）。

八戒聽人說過：以毒攻毒。心想：這火焰山下的哈密西瓜，說不定能以熱治熱呢！

小能一進門，八戒便將西瓜拋過來：「小能，給你！」

小能抱住西瓜，趕緊招呼小聖：「小聖，快進來，吃西瓜。」

「這可是火焰山下的哈密西瓜呀！」八戒說。

「哈密西瓜？」小聖的頭上冒問號。

西瓜切開來，果然與一般的西瓜大不相同。白瓤、紅子，「滋滋」地往外冒涼氣。

八戒丟開自己的爸爸身分，搶在前頭端起一塊就啃。

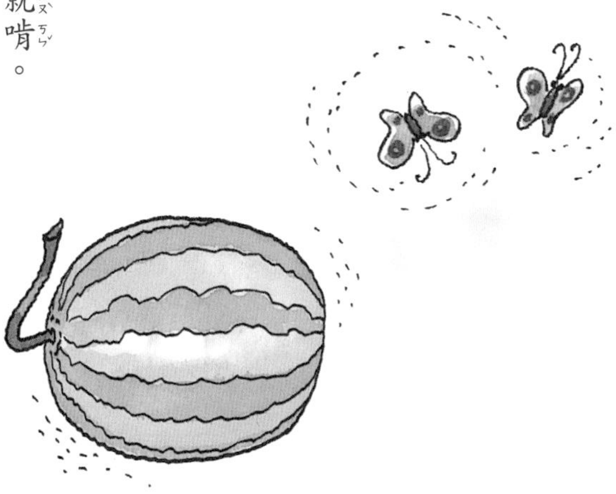

「咦？怎麼成了冰西瓜？」八戒驚喜地說。

「好涼噢！」小聖誇讚道。

倒不是哈密西瓜有什麼特殊，問題全出在小能身上。這避暑符可真管用，小能不但自己涼快，也讓接觸過的東西迅速「冰鎮」，連身體周圍都變得涼快極了。

八戒吃完西瓜，馬上把老插在褲腰帶上的老蒲扇扔到一邊。

他驚喜地對兒子說：「奇怪，跟你在一起，不需要扇子了。」

我比你受歡迎

過了幾天，天郵使飛毛腿來送信了。

進到小能家，飛毛腿將一張請柬遞給小能。

小聖湊過去一起看。

原來是李天王請客吃飯。

請柬只發給小能，小聖奇怪了，對小能說：「怎麼請你不請我？」

小能拿著請柬笑咪咪：「大概因為我比你受歡迎。」

有人請客，當然不能錯過。小能喚來一朵祥雲，跳上去，有點得意地向小聖

揮一揮手：「不好意思啦！」

小聖呆住了。

他一個人撐著下巴，皺著眉頭，想：「我為什麼不受歡迎？對，去弄清楚。」

小聖變成一隻飛蛾追了上去……

李天王府門口，接到請柬的「嘉賓」仙人擠成一堆，爭先恐後地往裡趕。

八戒走出門。

遠遠看見小能大步而來，八戒向眾仙打招呼道：「對不起，請讓小能先進來，讓一讓，讓一讓……」

眾仙詫異地為小能讓出一條路。

像迎接遠道而來的外國元首似的，眾仙對小能夾道歡迎，行注目禮。

小能昂首挺胸，大步流星，走出了一身的驕傲與得意。

小能入席後，在八仙桌邊坐好。二郎神楊戩等眾位仙人，這才一擁而進。

楊戩最先叫起來：「哇！好涼！」「你家是不是裝了空調？」一位仙客問。

八戒笑而不答。

眾仙便分頭找尋，找過來、找過去，最後才找到小能身邊。原來這陰涼就來自小能呀！

眾仙恍然大悟，怪不得小能在李天王府享受那麼高的禮遇。

一位瘦仙人嚷嚷著衝過來，「我要坐在小能旁邊。」

胖仙人不答應，指著自己的肉頭肉腦說：「你該照顧胖子！」

楊戩一把推開胖瘦二仙，伸出拳頭嚇唬道：「你們誰敢跟我搶？」

「這就是小能受歡迎的原因呀！」變成飛蛾的小聖總算弄明白了。

小能不願看到眾仙因為自己打起來，趕緊跳上椅子來勸架：「別爭了，別吵了，你們可以輪流坐呀！」

總算散席了。

二郎神楊戩拉著小能預約：「小能，上我家吃頓飯去！」

小能覺得自己就像明星，一直有人請吃飯，心裡挺高興的，就對楊戩說：「你太客氣啦！」

「二郎神這傢伙，從來沒有這樣大方過……」變成飛蛾的小聖心裡嘀咕，「肯

定又在耍什麼花招，我得盯著他，小能心眼好，個性直……」

那飛蛾，不遠不近地跟著楊戩和小能飛。

來到楊戩家。

楊不輸、楊不敗跑出來。

「小能！」兩人熱情地拉著小能的手。

「不輸！不敗！」

見到楊家兄弟，小能真高興。

二郎神楊戩說：「你們既然是好朋友，小能可以在這裡住到夏天結束。」

「喔──太好啦！」楊不輸興奮得跳起來。

「小能，我們可以一起去捕天牛，放天鵝，射天狼……」楊不敗喜形於色。

小能也非常愜意。好朋友們在一起，總是很開心的事。

「只是，小聖不在這裡……」小能有點惋惜。

「是呀，小聖去哪兒啦？」楊不輸問。

「我去找……」楊不敗就要往外跑。

楊戩最不希望小聖跑來攪和，伸開手臂擋住大門，氣咻咻地說：「好不容易請到小能，你們兄弟倆還不快陪小能玩！」

「爸爸說得有理。」楊不輸對楊不敗說，「明天請飛毛腿捎個信給小聖就是了……」

「好吧！」楊不敗拉著小能的手說。

其實，小聖變作飛蛾，早已飛進了楊家。

楊家因為有了小能，室內變得涼爽宜人。

楊戩在打小算盤：「往年夏天要向玉帝租借冷龍，今年有了小能，可節省多啦！」

原來是這樣！

那飛蛾飛出楊府，變成小聖。

「我得想個辦法，不能讓楊戩的如意算盤得逞啦！」

小聖急忙駕起雲頭，趕緊回家……

第二天，小聖拿了避寒符，再次來到楊府。

楊府一片靜悄悄。

小能和楊家兄弟正歪靠在席子上睡午覺，那邊二郎神楊戩，仰在躺椅上，翹著他發明的二郎腿，也睡得鼾聲大作。

「對，趁他們在午睡，調換一下……」小聖想。

他悄悄地撕下小能頸後的避暑符，貼上老君爺爺給自己用的避寒符。

「怎麼忽然熱得要命啦？」

躺椅上的楊戩滿頭大汗，他翻身而起，哇哇怪叫。陪著小能睡覺的楊不輸、楊不敗也熱得大汗淋漓。

不輸摸了摸小能的額頭：「哇，好燙！」

不敗趕忙找來體溫計，插在小能腋下，過一會兒拿出來看，他嚇了一跳。

「爸爸，不好了，小能發高燒了，體溫升到三百度！」

小能一躍而起，迷迷糊糊地說：「什麼？三百度？」

楊戩馬上變了臉色，對小能說：「快回家吧，你這樣的高溫，要把我們變成烤鴨啦！」

說完，就將小能往門外推。

不輸護住小能，反對爸爸：「不行，在我們家生

病，要在我們家治好！」

說時遲，那時快，楊不輸迅速睜開額上兩隻冰眼，射出兩道寒光，幫小能降溫。

突然，「撲通」一聲，不輸倒在地上：「我的能量已經耗盡了……」

不敗急忙再給小能量體溫：「呀，還是三百度！」

看見不輸為了救小能耗盡能量，累倒在地，楊戩破口大罵：「傻瓜！」

小聖從柱子後面閃出來，扶起楊不輸，拉著楊不敗，對小能說道：「小能，我這一試，可就試出誰是真的對你好……」

說完，撕下小能頸窩上的避寒符，重新貼上避暑符。

四個好朋友，一起手拉手，同往門外走。

有了避暑符，迎接他們的，將是一個涼爽而愜意的夏天。

楊戩被晾在一邊，尷尬極了。

張果老賣冷飲

這天中午，小聖和小能在外面追追打打，玩得正高興，忽然天色暗了下來。

「大概要下雷陣雨了……」小能吃驚地望著天空。

「快跑！」

二人手拉手，跑得比風還快。

沒想到天空一下子變得漆黑，好像什麼地方有一個拉線開關，控制著日光，「啪」的一聲，開關被誰一拉，天立刻就黑了，並且黑得伸手不見五指。

「小聖，我什麼都看不見了！」黑暗中，小能嚷道。

「別慌！」小聖說，「我來變成螢火蟲。」

他們回到家，八戒點起燭火，招呼兩個孩子吃飯，他說：「本來是午飯，現在只能當晚飯吃了。」

午飯也好，晚飯也罷，小聖和小能不在乎，他們玩累了，胃口好極了。

當他倆吃飽喝足，抹著嘴巴，放下碗筷，接下來，八戒又說道：「既然吃過晚飯，就該睡覺啦！」

「可是……」小聖有些為難，「這麼早睡，怎麼睡得著？」

睡不著也得睡，反正天都黑了。

吹熄蠟燭，小聖和小能躺到床上。他倆睜大眼睛，像燙烙餅一樣，翻過來，覆過去……

第二天早上，雞叫了一遍又一遍，可是怪了，天就是不亮。

小聖想爬起來，被八戒一把按住：「天沒亮就不能起床！」

不該睡的時候偏要睡，該起床的時候不能起，咳，真難受！

直到中午時，太陽才稍稍露頭。小聖和小能馬上爬起，跑到門外，奇怪地望著太陽。

晚上該天黑時，天又偏偏不黑。

小聖說：「太陽像釘在天上了。」

想睡覺卻睡不成。於是八戒想辦法，他翻箱倒櫃從家裡找出一塊黑布，駕起雲，去找織女，「請幫我縫一塊窗簾。」

「這容易。」

織女坐在縫紉機前，接過黑布，一會兒就縫好了。

回到家，八戒一邊掛窗簾，一邊對兩個孩子說：「天不黑，咱有這『人造天黑』，照樣睡好覺。」

黑窗簾一掛，果然跟真的天黑一樣。

「小能，小聖，快來睡吧！」八戒說。

「不，」小聖一把拉開黑窗簾，「我要去弄清楚，為什麼會這樣？」

小哥倆衝出屋子，八戒攔都攔不住。

他倆騰雲向太陽飛升，但越靠近太陽，熱得越厲害。小能胖，最怕曬太陽，他滿頭大汗地說：「小聖，我、我吃不消了！」

「堅持一下，」小聖朝前指，「你瞧，那是誰？」

原來是張果老在賣冷飲。一塊雲上，張果老牽著小毛驢，小毛驢背著冷飲箱，冷飲箱上畫著廣告，廣告詞是這樣的：

果老牌冷飲，

果然涼透心！

「這是『乙級棒』，」張果老從箱中取出一根像冰棒的東西，向小聖和小能介紹，「吃下去只能涼一會兒。」

他又取出一種漏斗型冷飲，推銷說：「這是『甲級棒』，能把人冰凍一天……」

小聖和小能趕緊找錢，找了半天，他倆的錢湊在一起只夠買兩根乙級棒或一根甲級棒。怎麼辦？

小聖說：「要靠近太陽，乙級棒不夠用。」

小能說：「買根甲級棒，讓我吃下去……」

「你怎麼這麼自私？」

小能接著說：「等我吃了甲級棒，變成一根大冰棒，你再把我抱起來，這樣大家都不怕太陽烤了……」

「嘿，好辦法！」小聖說。

小能就大口大口吞吃甲級棒，轉眼間全身冰凍起來，成了一個人體冰雕。

小聖抱住小能：「哇，好涼快！小能你真好……」

他們告別果老爺爺，繼續向太陽飛升。

***

金烏九兄弟輪流駕駛太陽車，今天輪到金烏老六。

老六抱著鞭子，正在車上打瞌睡。滴下來的串串口水，很快被太陽蒸發，變成水氣裊裊升空。

小聖一把奪過金烏老六的趕龍鞭，大喊一聲：「怪不得天老是不黑，原來你在這裡打瞌睡！」金烏老六被驚醒了，他滿不在乎地說：「急、急什麼？三天以後我才下班呢！」

好運大轉盤

這時，二郎神楊戩帶著哮天犬悄悄過來偷聽。

「怎麼回事？」楊戩心裡嘀咕，「金烏九兄弟每天一人，輪流值班，這老六為什麼要三天以後才下班呢？」

原來，金烏九兄弟最近得到一個新奇玩具，叫做「好運大轉盤」。

這轉盤上劃出許多小格，格子裡分別寫著：一天、半天、半半天、半半半天、三天、四天半……

轉盤上另有一個箭頭。轉動轉盤，等它停下來，看箭頭指向哪一格，那上面

標出的天數，就是誰值班的時間。

公平合理，好玩有趣！

金烏老大先來試運氣。他雙手握住搖柄，暗暗念禱：「老天保佑，老天保佑……」

轉盤搖得飛快，盤面上什麼字也看不見。

大家興奮地圍成一圈，指著漸漸轉慢的轉盤，哇哇大叫：

「停下來，停下來！」

「五天！」

「十天！」

轉盤上的箭頭指向「半天。」

「哈，」金烏老大跳起來，「我真好運，只要值半天班！」

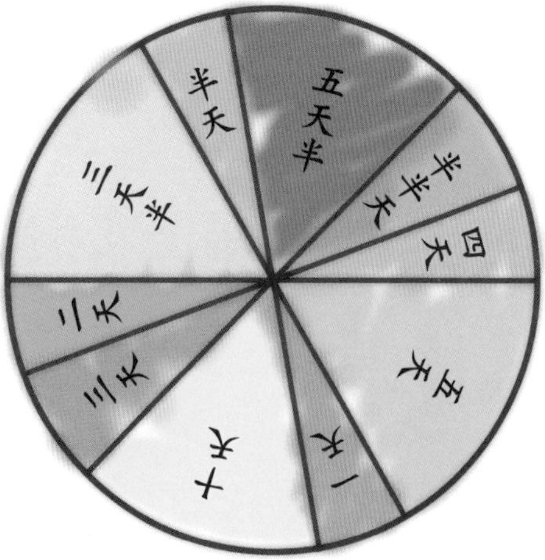

聽金烏老六這麼一說，小聖歎道：「怪不得昨天只有半個白天，原來是這麼回事！」

「偏偏我的運氣差，」老六抱怨說，「轉到『三天半』！」

楊戩一直在旁邊聽著，他奸笑一聲：「好哇，我去報告玉帝……」

說完，駕雲就走。

楊戩去向玉帝打小報告：「陛下，金烏們用轉盤賭運氣，嚴重攪亂了大家的生活秩序，應該把他們的大轉盤沒收！」

「沒收就沒收吧！」玉帝眼皮都不抬地說。

* * *

再說小能，吃了「甲級棒」，想說話但嘴巴被凍住，只能轉轉眼珠，引起小聖注意。小聖趕緊抱起硬梆梆的小能，湊近太陽，烤化他……

小能被烤得直滴水。

終於恢復靈活了，小能扭扭僵硬的脖子，對小聖說：「我看見楊戩拿著聖旨去日出山了……」

「他又玩什麼花樣？走，咱們看看去。」

他倆向日出山下降。

楊戩正在向金烏們宣讀聖旨：

好運大轉盤，
再也不能玩。
金烏九兄弟，
照常來輪班。

金烏們只得乖乖交出大轉盤。

「哈，」楊戩十分高興，「該我好運啦！」

沒收的財物本來要充公的，楊戩卻自做主張地將大轉盤據為己有。

他扛著大轉盤跑回家，對它進行改造：由立式改成臥式，各個格裡依次放進寶葫蘆、小魔瓶、芭蕉扇、小鈴鐺……其中有幾格，什麼也沒放，卻寫著「謝謝你」、「祝你下次好運」、「哮天犬」等字樣。

楊戩站在旁邊大聲招呼：

搖啊搖，搖啊搖

盤裡的寶貝真不少，

看誰運氣好！

閒得無聊的仙人們很快圍過來。

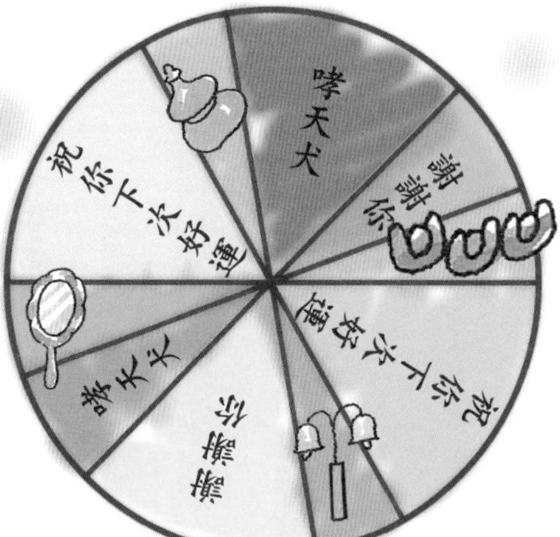

彌勒佛向來都是笑到最後，他對著轉盤指指點點：「我想要那個小鈴鐺。」

「好啊！來吧，你的手氣一定不壞。」楊戩慫恿說。

彌勒佛笑口常開，大大咧咧地雙手抓住搖柄，使勁搖動，就見那轉盤「呼呼呼——」轉得飛快。

眾仙緊張地屏住氣息，小聖和小能也擠進來觀戰。

轉盤轉了無數圈，終於停了下來。眾仙定睛一看：箭頭所指，正是寫著「謝謝你」的那一格。

「你輸啦！」楊戩得意地說。

「不要緊，再看下一盤。」

彌勒佛大肚能容，不慌不忙地將脖子上戴著的念珠取下來，交給楊戩。

其實二郎神楊戩從來不給別人好處拿，原來他早派哮天犬躲在轉盤下面做了手腳。

在桌布的掩蔽下，誰也看不見哮天犬。只要主人腳一踢，牠馬上用力頂住大轉盤，使它停在一個固定的位置上。

這就難怪彌勒佛沒有好運了。

彌勒佛輸了念珠，又輸僧袍，打著赤膊，面露沮喪。

小聖對小能耳語：

「底下一定有鬼。」

「我去看看。」

趁人不注意，小能悄悄鑽進桌布裡。

「哈，」小能差點叫出聲，「果然是哮天犬在搗鬼！」

外面，彌勒佛抓著搖柄緊張地想：「這回可別把褲子給輸掉……」

轉盤又飛快地轉起來。

小聖給小能打信號。（他們用腹語聯繫，外人聽不見。）

小聖說：「小能注意了。」

小能說：「你下命令吧！」

「停！」

「是！」

這回彌勒佛終於贏了：箭頭所指的格子裡寫著——哮天犬。

「哈哈……哮天犬歸我嘍！」彌勒佛真的笑到了最後。

可是哮天犬去哪裡了？眾仙一致要求二郎神楊戩交出哮天犬，不能光進不出，光贏不輸。

「這……不……」楊戩結結巴巴。

「哮天犬在這裡！」

小能從桌布下鑽出來，身後跟著垂頭喪氣的哮天犬。

楊戩再也不敢用轉盤騙人了，他的狗也被光著身子的彌勒佛笑容可掬地牽走了。

小聖和小能拍著手跳起來。

開鎖咒語

天上有天偷星。

天偷星長了三隻手。那第三隻手長在背後，常在不動聲色中如探囊取物般的偷人錢財，神不知鬼不覺，真可謂「能手」也。

所以家家戶戶都不能沒有鎖。

八戒看見左鄰右舍大門上都掛著各式銅鎖，心想：這怎麼行？別人家有鎖，就我家沒有，那天偷星豈不正中下懷，我可不能這麼傻……

「我得去買把鎖。」八戒說。

「爸爸，我跟你一起去。」小能跑過來。

「好吧！」八戒拉著小能向天街走去。

來到一家鎖具專賣店，八戒嚷道：「老闆，拿幾把鎖給我們挑挑，要結實些的！」

「好的！」老闆笑咪咪地從櫃檯裡拿出兩把鎖，向八戒介紹，「這是精製的五百羅漢鎖，是熱銷款，只剩最後兩把了。」

小能一看，那鎖上果然雕刻了許多造型各異的微型羅漢。

「五百羅漢鎖？」八戒的話裡透露著不屑。他掂了掂手中的兩把鎖，接著把它們放到地上，然後高舉寶塔就要向下砸去。

「你要幹什麼？」老闆吃驚得喊起來。

「爸爸……」小能驚呼。

可是來不及了，寶塔已經落下，砸得那兩把羅漢鎖碎塊橫飛……

「哈哈，這鎖不堪一擊，太不結實了，怎麼用？」八戒說。

「這……」老闆支吾著，不知說什麼好。他轉身回到後間，重新拿出一把大鎖，「特別結實的也有，瞧，這叫金剛不壞鎖，是用女媧煉石爐煉出來的……」

「好一個金剛不壞鎖！」

是誰在說話？這麼大嗓門！小能抬頭望去，原來是雷公從這路過。

聽說雷公來了，老闆跑出店門，向半空招手：「雷神，雷神，您來得正好，請用您最厲害的雷，幫我試試貨。」

反正沒什麼事，閒著也是閒著，雷公便爽快地一口答應。

「閃開，打雷了！」

好雷公，舉起雷錘，揮動雷鑿，「轟！」一道耀眼的雷火，直劈大鎖。

雷收火滅，小能跳過去拾起那鎖一看，大鎖好好的，一點損傷也沒有。

小能讚道：「真是雷打不動呀，好貨！好貨！」

「真金不怕火煉，好鎖何懼雷擊。」老闆向天上作揖：「雷公呀，謝謝你！」

於是，八戒出高價買下了金剛不壞鎖。

有了金剛不壞鎖，從此八戒父子放心出門，開心玩耍。

這一日，天偷星於萬忙之中，專程來到八戒家。

他用背上那隻萬能巧手，掏出口袋裡的萬能鑰匙，插進門上的金剛不壞鎖，使勁一撬，「嗯？不靈了？」天偷星吃驚地瞪大眼睛，這可是前所未有的事啊！

金剛不壞鎖紋絲不動！

天偷星無計可施了，「對，用牙咬……」

他張嘴就咬，「嘎……」不但不管用，兩顆門牙還飛到半空，天偷星捂著嘴巴悻悻而去。金剛不壞鎖實在太厲害了！

但有一天回家時，八戒慌亂地對小能說：「糟糕，我忘了帶鑰匙了！」

小能天真地問：「爸爸，沒有鑰匙，小偷進不去，我們自己也進不去對不對？」

「當然！」八戒沒好氣地說。

看來只好砸鎖開門了。

八戒舉起鎮魔寶塔，朝大鎖打去。

「老爸，我來幫你！」小能也舉起石杵狠命砸去。

一時間，火星四濺，響聲震天。

那鎖依然不開。

小聖經過，也用他的火尖槍、乾坤圈亂搗亂敲一氣……

折騰了半天，三人累得坐的坐，躺的躺，那金剛不壞鎖竟完好無損。

過路的仙人們哈哈大笑：「八戒，沒門啦？」「自己做的閉門羹，自己來吃，何苦呢？」

只得破牆而入了。

八戒祭起寶塔，將山牆打了一個洞，父子像穿山甲一樣鑽進去。

仙匠魯班正好路過。

魯班見八戒拿著鑰匙又鑽出牆洞，若有所思道：「唔，要是開鎖不用鑰匙就好了……」

「不用鑰匙？」小聖在一旁好奇地插問，「那用什麼開鎖？」

魯班衝口一出：「用咒語怎麼樣？省事多啦！」

「有這咒語嗎？沒聽說過……」小聖搖搖頭。

魯班便將金剛不壞鎖帶回去研究。

回到家裡，仙匠魯班立刻開始研究。造出一把新穎別致的咒語鎖，對仙匠魯班來說，不是一件困難的事，花上半天時間就夠了，難的是怎樣找到開鎖咒語。如果造出來的咒語鎖，開鎖咒語全都一樣，也就失去了上鎖的意義。因此要想找到各不相同的咒語來，就需要足夠的耐心了。

牆上掛著那把金剛不壞鎖，魯班伸出兩根指頭，向那鎖一指，口中念道：「跑馬溜溜的山上……開！」

一點動靜都沒有，代表這咒語不適合這把鎖。

再找——「我總是心太軟……開！」

還是不開。魯班有點火了，「該出手時就出手……開！」

就是不開。魯班氣急敗壞地指著牆上那鎖，再次念道：

「九百九十九朵玫瑰……開！」

你就是獻上一千朵玫瑰，這鎖說不開就是不開。魯班絕望地向後倒去，長歎一聲：

「唉，我真笨！」

正在這「山窮水盡疑無路」時，忽聽「卡嗒」一聲，鎖開了！

魯班跌坐在地，驚愕極了。

難道說「我真笨」就是這把鎖的開鎖咒語？真是讓人不可思議。

「對，再試試……」魯班說。

重新上好鎖，掛在大門上。魯班用手一指，念道：「我真笨！」

「卡嗒——」那鎖應聲而開。

「我成功啦！我成功啦！」

魯班拿著鎖，高興地跑出門去。

哮天犬交女朋友

八戒正跟小能、小聖一起修補牆洞，見到仙匠魯班與匆匆跑來。

魯班手裡拿著那把金剛不壞鎖。

「這鎖已成了咒語鎖，」魯班對八戒說，「是我剛研製的『高科技』產品，開鎖不用鑰匙，用咒語……」

「咒語鎖？」八戒半信半疑的。

魯班把鎖遞給八戒，「有了它，你們再也不用怕出門忘記帶鑰匙啦！」

魯班的嘴巴貼在八戒耳邊，悄悄告訴他開鎖咒語，小能湊過去偷聽。

「太謝謝您啦！」八戒握著魯班的手。

送走魯班，八戒用咒語鎖鎖住大門。

父子們走到銀河邊，小能把那金剛鎖的鑰匙，「咕咚」一聲，扔進河裡。

「你……這……？」

「爸爸莫慌，回去時只要念句咒語就行了。」

「也不知靈不靈驗？」八戒放心不下，「要是開不了鎖，又得挖牆進去，多……多丟人。」

「咱們趕快回去試試。」小能說。

他們回到家門口。小能伸出兩根指頭，對門上一指，念動咒語：「我真笨！」

「卡嗒！」那鎖自動開啟。

「哈，神啦！」八戒驚喜地叫起來，「魯班師傅的手藝，真是名不虛傳，不同凡響啊！」

這情景，正好被小聖看見，他扭頭就往家裡跑，找到孫悟空，急急說：「爸爸，我們也去找魯班師傅配把咒語鎖吧，方便多啦！」

小聖拉著爸爸往外走。

魯班師傅向來助人為樂，他來者不拒，轉身取出一把鎖，交給悟空父子：

「記住，你們的開鎖咒語是──世上只有媽媽好。」

「世上只有媽媽好？」悟空疑惑地念道。

「爸爸，我記住了。」小聖拿著鎖，興奮極了，「魯班師傅，謝謝您！」

「不用謝。這是我應該做的，也是我能夠做的……」

回到家，換了鎖。

對著大門，正要念動咒語時，小聖嘟起嘴巴：「可是我沒有媽媽……世上真的只有媽媽好嗎？」

「不知道，我也沒有媽媽。」悟空無奈地聳聳肩，忽然靈機一動：「咱們把咒語中的『媽媽』改成『爸爸』試試吧！」

「行。」小聖念道，「世上只有爸爸好……開！」

咦，那鎖還好好地掛在門上。

原來咒語是不能改的，哪怕改一個字也不行。

悟空自嘲地說：「看來，我只好當媽媽了。」

小聖重新念咒：「世上只有媽媽好……」

「卡嗒！」鎖果然開了。

✻ ✻ ✻

為了趕時髦，家家現在都用咒語鎖。

像對暗號似的，這家男子回家：「妹妹你坐船頭……開！」

那家女人買菜回來：「好一朵茉莉花……開！」

這家男孩踢完足球：「我不知道我不知道我不知道……開！」

那家女孩盪完鞦韆：「樹上的鳥兒成雙對……開！」

二郎神楊戩家也換了咒語鎖。

這一天，他鎖好大門，和不輸、不敗帶了食品、罐頭，找到一塊乾淨潔白的雲，一家子坐下野餐。

吃吃喝喝，好不快活。

楊戩吃完一罐八寶粥，心裡一高興，將那空罐頭隨手扔下。

「爸爸，不能亂扔垃圾！」不輸急喊。

可是空罐頭已從七重天落到六重天……

巨靈神正好路過此地。

抬頭看見空罐頭直線落下，他非常不滿，不等罐頭落地，早已凌空一腳——那空罐頭便像洩氣的足球，朝上飛去。

「哎喲！」飛回來的空罐頭正好打在楊戩頭上。

楊戩齜牙咧嘴，眼冒金星，額頭鼓起一個包。

不敗將空罐頭裝進垃圾袋，對楊戩說：「爸爸回家吧！快去敷點藥。」

頭部剛受過打擊，楊戩怎麼也記不起開鎖咒語了。

他急得抓耳撓腮：「剛才頭被打了一下，好像把咒語忘記了。」

「都怪你。」不輸、不敗嘟嘟囔囔，「說什麼要保密，就是不告訴我們咒語，連自己的兒子都不信任，哼！」

「我再去找魯班，查一查咒語。」楊戩丟下兒子們，朝魯班家走去。

魯班雙手一攤，愛莫能助地說：「我的咒語都沒留底，你自己想辦法吧！」

見老爸垂頭而返，就知道沒什麼好結果，不輸，不敗於是提出建議。

不輸說：「如果有別家的開鎖咒語跟我們家一樣……」

不敗接過來：「對，就借來派派用場！」

正好李天王踱過來，楊戩趕緊上前打招呼：「李天王，我把咒語給忘了，借你的咒語試試。」

李天王對著大門念起咒語：「太陽出來喜洋洋……開！」

可是空歡喜一場，李家咒語開不了楊家的鎖。

何仙姑也來幫忙：

「郎呀，咱們倆是一條心……開！」

依然無用。幫忙的人雖多，可誰也幫不上真正的忙！

「我來試試！」小能跳出來。

小能就對著楊家大門，用手一指，說：「我家的咒語是——我真笨！」

小能話音剛落，那鎖應聲而開。

「太好了！」楊戩叫道。

「小能，謝謝你。」楊家二兄弟說。

從此楊戩再也不會忘記咒語了，不輸和不敗替他記著呢！

「我真笨！我真笨……」

「我真笨！我真笨……」

兩人像比賽似的搶著念。

＊＊＊

一天，楊戩拿著肉骨頭去餵狗，發現哮天犬不見了，他大吃一驚：「我的狗可是名貴血統，聽說現在挺流行養寵物，該不會被人偷去當寵物了……」

不敗說：「不會，每次出去，大門都鎖得好好的呀！」

楊戩繼續猜疑：「小能的開鎖咒語和我們家的一樣，會不會是他……」

楊戩幻想著：小能用咒語打開門鎖，拿食物逗引哮天犬……

「沒錯！」他一拍大腿，扭頭就跑，「一定是那胖小子！」

來到小能家，楊戩大叫：「小能，你給我出來！」

小能聽到有人喊他，立刻衝出來，見是二郎神楊戩，馬上熱心地說：

「是不是咒語又忘了，我再去幫忙！」

「不是的，我……」楊戩有點尷尬。

「不要不好意思嘛！」小能笑著說。

就在這時，不輸、不敗跑過來。

不輸大喊：「爸爸，你快來！」

不敗拉起爸爸飛跑。

小能不知道又發生了什麼事，十分好奇地緊跟著跑過去。

不輸指著天上對爸爸說：「你看——哮天犬在交女朋友，忘了回家啦！」

但見——

天上兩條狗，
頭兒碰著頭，
心裡甜蜜蜜，
雲上蕩悠悠。

「爸爸，你真差勁！」不敗說。

「是我不好，錯怪小能了。」在兒子們嘲笑的目光下，楊戩有點無地自容了。

會說話的花

玉帝的花園裡種著許多奇花異草。每到黃昏，玉帝愛在花園裡欣然散步，觀奇花，品異卉，打發那永無止盡、長得有點令人生厭的漫漫光陰。

但幾百年以後，再奇的花也不覺得稀罕啦！玉帝對花皺眉，唉聲歎氣……

王母給玉帝出主意：「辦個奇花大賽，一定能選出一批珍奇品種。」

「好主意！」玉帝擊掌讚道。

飛毛腿便又忙著給神仙們發通知信了。

二郎神楊戩當然不會放過討好玉帝的機會，他接到通知信就往自家花園跑。

可是由於缺少照料，花園裡野草長得老高，不見鮮花只見草了。

楊戩沮喪地抓著頭，開始打主意：「聽說北斗星君對種花很有研究……要是不告訴他大賽消息，那真正出名的就可能不是他，而是我了，對，找飛毛腿去。」

急忙駕雲追趕。

「等一等，等一等！」

天郵使飛毛腿站住腳：「找我有事？」

「通知北斗星君了沒有？」楊戩問。

「接下來就到他家。」

「我正要找他，順便幫你捎去吧！」

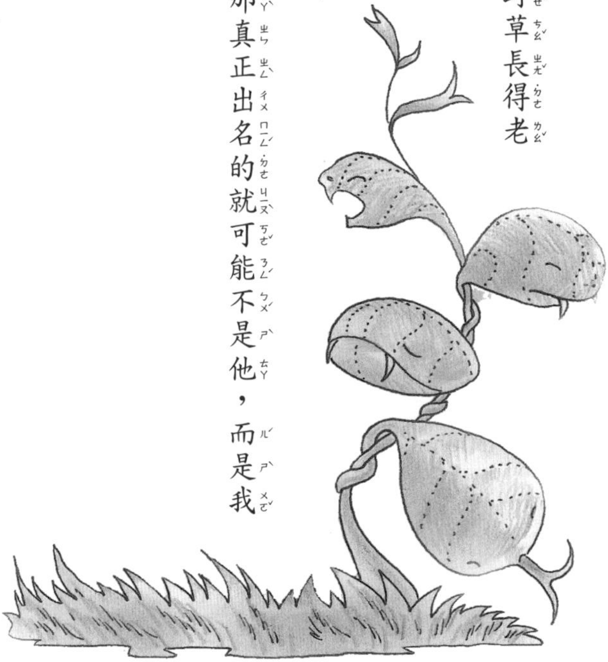

「謝謝！」飛毛腿將通知信交給楊戩，轉身又忙著發通知信給別的神仙們了。

等飛毛腿走遠，楊戩將通知信撕成碎片。

撕碎的通知信像雪花一樣飄向人間，百姓仰天驚奇：「怪事！大熱天下雪了！」

接著，楊戩來到北斗星君門外。

「您好！」

剛進門就聽見問候聲。楊戩東張西望，怎麼也看不見說話的人。

「您好，一路辛苦了。」

原來，竟是門邊那盆花在向他鞠躬問好。

楊戩兩眼放光，又驚又喜：「啊，真是好寶貝！」

北斗星君聞聲出迎：「二郎神？稀客，真是稀客！」

「哪裡，哪裡？特來拜訪。」

二人來到客廳坐下。楊戩便海闊天空、口沫橫飛地瞎聊：「今天天氣哈哈哈……南海跳出癩蛤蟆……胖了瘦了又胖了……壞人少來好人多……」

北斗星君弄不懂楊戩到底要說什麼，到底來幹什麼？為了不致失禮，只得陪他乾坐，偶爾也大笑幾聲，以示助樂。

好不容易等到楊戩起身告別，北斗星君急忙送客。

「別送了，千萬別送！」

「要送的，送到門外！」

二人推推拉拉地謙讓著。

說時遲，那時快，楊戩伸出兩根指頭，指著北斗星君，念道：「定！」

一霎時，北斗星君站在房門口動彈不得。

「他使出定身法不讓我送，好客氣呀！」北斗星君笑著嘟噥。

「嘻嘻，這樣便好順手牽羊了。」楊戩心裡說道，走到院門口，他得意地端起那盤會說話的花，轉身向木頭似的北斗星君送個飛吻，然後揚長而去……

「哇，好漂亮啊！」

「爸爸，這花哪裡來的？」

不輸、不敗看著老爸捧花駕雲而回，驚喜地問。

楊戩興奮地唱著歌：

不要問它從哪裡來，
它的家鄉在遠方……

楊戩降下雲頭，向兩個兒子介紹：「這花可了不得，不單漂亮，還會向人問好

呢！」

「真的？」

那花被楊戩擺放在院門裡。不輸、不敗好奇地圍過去。恰在這時，小聖、小能也走過來，四個小夥伴一起欣賞。

「您好，歡迎光臨！」

那花一邊鞠躬，一邊問好。

小能讚道：「這花又好看，又有禮貌，真是好寶貝。」

「謝謝！」

小聖驚喜地看到，那花又扭動身肢，專向小能鞠躬。

「看夠了吧？再看要收門票了！」楊戩真小氣，下了逐客令。小聖和小能都沒帶錢，只得依依不捨地走開。

「再見！拜拜！沙呦娜啦！」這花真懂事！一邊鞠躬，一邊揮動葉片。

「我們會來看你的，再見！」小聖和小能便也向那花兒揮手。

「說這麼多廢話幹嘛？」見那花兒對小聖、小能這麼熱情，楊戩挺生氣的，他凶巴巴地對花吼道。

「對不起……」那花顫抖著，一滴露珠從花辦上滾下來。

「爸爸別這樣。」不輸說。

「花兒剛到我們家，你就批評它，真不應該。」不敗說。

「少囉嗦！」楊戩躺在椅上指手畫腳，「還不快去給花澆

澆水！」

小哥倆一個提桶，一個拿瓢，一邊澆花，一邊嘟噥。

不輸說：「爸爸怎麼不自己澆水？」

不敗說：「他好懶！」

第二天早上，二郎神楊戩早早起床，大搖大擺走向院門。他的臉上藏著不易察覺的微笑，是專門來聽那會說話的花兒向他問好的。

可是怪了，今天這花兒卻一聲不吭。

「可惡，怎麼回事？」楊戩忍住怒氣。

圍著花兒轉了一圈，楊戩假意裝出臉上的微笑，先向花兒鞠了一躬：「早上好！……古得摩寧……」

那花迎風傲立，不卑不亢。楊戩又一鞠躬。那花依然不動聲色。

楊戩火了，氣咻咻地向花命令：「給我鞠躬，快！」

那花卻一點表示也沒有。

楊戩衝上前去，伸山大手，流汗吃力地硬將花冠彎向自己：「你鞠不鞠？鞠不鞠……」

這花還真有骨氣！就見那強韌的、扭曲的花莖突然伸直——

「哎喲！」

楊戩被彈得飛了出去，翻滾著，落到地上，頭上跌出腫包。

「竟敢忤逆我！」楊戩一邊揉著大包，一邊撐起身子。

立刻反擊，罵人可是他的強項。

「……」（此處刪去的字，都是楊戩唾沫如雨，潑向花兒的髒話。）

罵夠了以後，楊戩氣呼呼地將花兒高高扔出：「給我滾——」

那盤花接連飛過數道院牆。

李天王正中頭彩：「哎喲！」

花盤砸得李天王頭破血流。他指著紅豔豔的額頭，大聲訓斥花兒：「你開你的花，怎麼把我的腦袋也弄開花了？」

奇花換破布

那花毫不示弱，破口大罵：

壞蛋笨蛋臭雞蛋，

沒臉沒皮沒心肝！

「嘻嘻，這花會罵人，好玩，好玩！」李天王挨了罵，一點也不生氣，反倒覺得十分有趣。

「那就練練吧！」他在額頭貼上藥膏，便跟那花兒對罵起來。

但老是占不到上風。

李天王被罵得灰頭土臉的。

「二郎神罵人的功力最厲害，去請他幫忙吧！」李天王心想。

他喚來雲朵，跳上去，回頭對花兒說：「你等著，我去培訓一下。」

很快到了楊戩家。

楊戩過來開門，李天王說：「我罵人的話不夠，想向你討教討教。」

楊戩便搬出一大部厚重的字典來：「這是我編的罵人字典，不是哥們我不借的。」

「多謝！」

李天王捧著罵人字典，匆匆往回趕。

有了工具書，李天王罵起來順溜多了。

但還是只能打個平手。

李天王嚥著口水，伸著懶腰，他罵累了。

那花仍然不依不饒，罵得起勁，詞兒一套一套，絕不重複，境界挺高的。

李天王容不下別人比他高，他一腳將花盤踢飛：「給我滾——」

「哎喲！」

那花盤如外星飛碟一樣，落到小能頭上，一旁的小聖也大吃一驚。

「哈！」小能頭上砸出腫包，卻捧著那盤花笑了：「是那盤會說話的寶貝花。」

「楊戩不要它，我們來養吧！」小聖說。

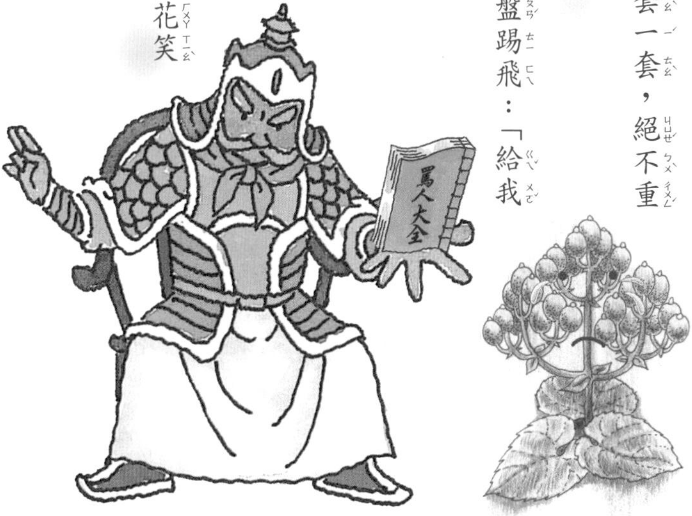

「好呀！」小能非常樂意。

捧著花，回到家。小聖拿來噴壺，給花兒澆水，澆呵澆呵，那花猛一甩頭，將許多水珠甩向小聖、小能。

「給我滾！」花兒吼道。

他倆猝不及防，慌忙遮擋。

「它怎麼變得這麼不客氣了？」小聖愕然。

「以前多有禮貌呀！」小能感歎。

小聖捧著那花，和小能一道走向兜率宮。他們要去請教學問很好的太上老君。

老君爺爺說：「北斗星君養花最精，該去求他指點。」

小聖和小能便又捧花駕雲，拜訪北斗星君。

北斗星君正在園裡栽花弄草，忽然見到小聖、小能托著一盤花走進來。一見那花，他就奇怪：「想不到這花到你們手裡了……」

「這花——」小聖欲言又止。

「哦，它叫能言禮花，會對人禮貌問候。」北斗星君以為小聖他們是來諮詢的，便熱情介紹說。

「可是——」小能的話還未說完，那花突然罵起人來：

「壞蛋笨蛋臭雞蛋……」

「啊？」北斗星君聽後大驚。

他匆忙彎下腰來，細細觀察那花：「花瓣上布滿黑斑，一定是受了壞人髒話汙染。」

「這下糟了！」

「有沒有救治的辦法？」

小聖和小能十分焦急。

「要用禮貌良言連續洗汙十天……」北斗星君翻出一本《禮貌良言大全》，遞給小聖，「不過要有耐心，很不容易的。」

「請您老放心，我們有耐心！」

小聖抱著書，小能捧著花，二人跳上雲端，向北斗星君告別。

一到家，小哥倆就開始替能言禮花洗汙。他們打開《禮貌良言大全》，現學現賣：

小能說：「見到你真高興。」

花兒卻說：「你瞎了眼啦！」

小聖說：「我能幫你什麼嗎？」

花兒吼道：「不用你雞婆！」

就這樣，一來一往，小聖、小能硬著頭皮與花

兒對話。三天之後，小聖實在受不了。「哼！」小聖頭上冒火，「好話換壞話，咱們成了受氣包啦！我不做了！」

「還說有耐心呢！」小能脾氣好，他數落小聖，「才念了三天，就……」

「我……」小聖只得嚥下一口氣，「我當然有耐心！」

終於，連續洗汙洗滿十大。

屋內，小聖、小能既高興又緊張地看著那盤花。

就見花兒深深一鞠躬說：「謝謝你們！」

十天的辛苦就為了換得這句話。小聖興奮得跳起來：「喔，我們成功嘍！」

小能誠懇地說：「不謝，不謝。這是我們應該做的。」

奇花大賽明天就要開幕了。

小能挺有自信的：「我們的寶貝花，一定能得大獎。」

「祝你們好運！」花兒說。

小聖樂得開懷笑：「哈，也祝你好運！」

其實，花兒的好運就是小聖、小能的好運！

就在這時，二郎神楊戩從窗外走過，因為偷雞不著蝕把米，顯得無精打采的，突然聽見花兒說話，他感興趣地停住腳步，從窗縫往裡偷看。

「唔？」楊戩明白了，「這花被他們治好了。」

重做黃粱夢，再打歪主意。楊戩便又使起暗中偷換之術來。他撿起地上一塊破布，口中念念有辭：

一二三四五，
奇花換破布。

「哈哈！」楊戩手中的破布，立刻換來了那盤寶花。

小聖和小能萬萬沒想到，他們所面對的，已是破布變成的假花了，他們還在興奮地想著……

第二天，楊戩趕早參賽。因為一心想盡快把大獎拿到手，楊戩跑得比誰都快，他的哮天犬已遠遠落在後面了。

「狗東西，沒吃飽啊？」他回頭怒斥哮天犬。

誰知道這「能言禮花」特別敏感，聽不得髒話的。楊戩「髒」口一出，花瓣上，頓時又生出了許多黑斑。

楊戩心繫大賽，哪裡會注意到這些？

大賽開幕，神仙們各捧奇花，魚貫而入，真是百花爭奇，千卉鬥豔，玉帝、王母左顧右盼，目不暇給。

小聖指著小能捧著的花，對大家介紹：「我們這叫『能言禮花』。」

話音剛落，小能驚呆了：手中的花兒不見了。

「咦，怎麼變成破布了？」眾仙大笑。

「真貨在我這兒呢！」楊戩得意地舉起那盤花，「寶貝花，快對玉帝說好聽的話。」

「狗東西，沒吃飽啊？」花兒說，罵聲一出，語驚四座。

玉帝勃然大怒：「好個楊戩，竟敢戲弄我！」

「這……我……」楊戩語無倫次，頭上冷汗直冒。

北斗星君走出來，一把奪過楊戩手中的花：「別再糟蹋我的花了！」小能走上前，對北斗星君說：「北斗爺爺，還是讓我們來洗汙吧！」

「好孩子，給你。」他將花重新交給小能。

小聖、小能一起往外走。走過楊戩身邊，小聖說：「你肚子裡的髒東西也該好好洗一洗了！」

楊戩無話可說，只剩下尷尬與難堪。

風箏和芭蕉扇

小能有好一陣子沒去苗家莊，可把他的奶媽想壞了。

奶媽老愛站在莊外對天遙望……

日裡思，夜裡想；盼星星，盼月亮。

左想右想的，結果想出病來了。

她嘟囔著：「小能在天上，也不能寄信給他……寄信到天上？對，可以用風箏！」

心靈手巧的奶媽抱病做風箏。

先紮骨架，再在骨架上糊紙，然後畫上自己的身形面貌。

做了一個「人形」風箏。

在風箏的裙帶上寫信：

這封信可真簡潔！可是一字值千金呀，一個「想」字道出了奶媽對小能無限的思念。

起風了。

奶媽跑出莊，在一塊大草坪上，親手放飛風箏。那風箏冉冉升空，漸飛漸高，越來越小……

奶媽拉著風箏線，遲遲不願鬆手。但是為了早點讓小能收到信，又不得不放手。

彷彿那飛上天去的，不是風箏，而是奶媽的一顆慈母心……

＊＊＊

再說天上。二郎神楊戩駕雲路過，忽然發現一面風箏飛上來。

「咦，好東西！」

二郎神楊戩從不輕易放過「好東西」！他鼓起腮幫，使勁吹……一路把風箏吹回了家。

「我沒動手，別人不能說我拿回家的……」楊戩自作聰明地想。

突然看見裙帶上有字。

「這可不能留著。」楊戩想。

趕快將這截裙帶一把撕下，扔出門外。

小聖剛好從楊府門前路過，發現空中飄蕩的裙帶，隨即飛去捕捉。

「咦，這是什麼？奶媽想小能？」小聖立即將裙帶拿給小能看。

小能看了裙帶上的「信」，驚訝地問：「這是哪來的？」

「我撿到的。」小聖說。

奶媽想小能

這時，天上飛來那面人形風箏。小聖最先發現，他用手一指，對小能說：「你瞧！」

小能望著風箏，發呆地喃喃念道：「奶媽……」

小能順著風箏線去找……

原來是楊不輸、楊不敗在放風箏。先是楊不輸放，接著楊不敗也吵著要放。楊不輸把風箏拉下來。

小聖將裙帶拼接到風箏上，對楊家兄弟說：「瞧，這不是你們的風箏。」

楊不輸道：「是爸爸給我們的。」

小能抱著風箏發呆。

楊不敗很爽快：「既然你們的，還給你們吧！」

小聖對小能說：「該我們玩了，小能，你先放。」

「不，我得趕緊去看奶媽。」

小能把風箏交給小聖，一邊揮手告別，一邊駕雲向下界而去。

小聖只好一個人放風箏。

楊戩來了。

楊戩看見風箏落到小聖手上，氣得身子亂顫，大聲訓斥兒子們：「你們真笨，到手的東西還讓別人撈去？」

「本來就不是我們家的……」

「有本事，你幫我們紮一個。」不輸、不敗嘟囔說。

楊戩看見小聖玩得高興，心裡很不痛快，發狠道：「哼，我要讓你玩不起來！」

說得到就做得到，楊戩去找管風的風伯。

原來，風伯有個裝風的口袋。一年四季，白天黑夜，該放風該收風，該多放該少放，風伯全都心中有數。

此刻，風伯正站在雲端，張開口袋放風，大風從口袋裡衝出，「嗚嗚」地響。

楊戩駕起雲頭，來到風伯身邊：「風老哥，幫幫忙，快把風收了吧！」

風伯不以為然地說：「怎麼能說收就收，時間還沒到呢！」

楊戩要脅說：「好吧，你可要留神我的哮天犬，牠會趁我不注意咬破你的風口袋。」

「這……」風伯大驚。

楊戩邊說邊走，風伯無奈地攔住他：「等等，有話好商量……」

＊＊＊

再說小聖放風箏玩得正來勁，風箏突然「倒栽蔥」，掉了下來。

「怎麼沒風啦？真掃興。」

小聖拿著風箏無精打采，抬頭看見彌勒佛走過來。彌勒佛搖著蒲扇，笑呵呵地說：「沒風，有扇子，照樣涼快。」

「扇子？」小聖靈機一動，「對，去找牛伯伯借芭蕉扇！」

小聖立即喚來一朵「特快」雲，趕往牛魔王居住的翠屏山。

前方就是翠屏山。

走進牛魔王的洞府，正巧碰上牛魔王和鐵扇公主有點小爭執。

「叫你去向龍王要點珍珠霜來，怎麼磨磨蹭蹭的？」鐵扇公主咄咄逼人地說。

「老向人家要東西，實在難為情……」

「去不去？再不去，我要吹牛了！」

「吹牛」幹什麼？小聖聽不懂。但不管怎麼說，吵架總不好。小聖趕忙從中勸架：「伯伯、嬸嬸，別吵啦！我想借你們的芭蕉扇用用……」

「小聖！」牛魔王見小聖來了，挺高興的，「借芭蕉扇？好的，我去拿。」

「什麼『好的』？早就壞掉了，不能用啦！」鐵扇公主沒好氣地對牛魔王說。

小聖愕然：「壞掉了？」

既然人家不願借，再拜託也沒有用。小聖只好往外走。

小聖後腿還沒跨出門檻，就見鐵扇公主氣呼呼衝過來，「砰」的一聲，關上大門。

小聖在門外徘徊，心想：「鐵扇公主要吹牛，不知怎麼個吹法？」

門裡，鐵扇公主將一根管子塞進牛魔王的嘴裡，使勁吹。

吹呵吹呵，牛魔王被吹成了一個巨大的「氣球」，「氣球」向大門飛去。

門被撞開，牛魔王飛出來。他向小聖介紹：「瞧，這就是吹牛！」

「我來幫你……」小聖撲上去，抓住牛魔王的一條腿，和他一起飛。

他們飛得很遠很遠……

牛魔王伸開臂膀滑翔著，後面拖著小聖，底下是千山萬嶺。

小聖故意逗牛魔王說話，吵著要聽故事。

牛魔王就把孫悟空當初保護師傅唐僧過火焰山，找鐵扇公主借芭蕉扇的故事講了一遍。

小聖聽得津津有味。

小聖知道，說著話，牛魔王身體裡的「氣」就會慢慢減少……

「氣球」一點點癟下去。

牛魔王總算掉下來了，摔落在一塊草坪上。

牛魔王摟著小聖說：「謝謝你拽住我，陪我說話，這次吹得比較近了。」

「鐵扇公主吹牛果然一點也不吹牛呀！」小聖說。

「可不是，你嬸嬸氣量小，脾氣壞，動不動就吹牛——經常吹得我牛魔王搞不清方向。」

他們重新駕起雲頭，一起往回趕。經過東海時，順路去龍王那裡討來了珍珠霜。

來到牛魔王洞府門前，牛魔王給小聖出主意：「你要借到芭蕉扇，還得學你悟空爸爸的辦法……」

小聖立刻變成一隻小蟲。

看到「小蟲」那尖尖的小嘴，牛魔王又心疼了，趕緊對「小蟲」叮囑道：「只是嚇唬她一下，可別弄疼她。」

「知道啦！」變成小蟲的小聖說。

荒島迷蹤

牛魔王雙手獻上小瓶：「夫人，珍珠霜弄來了。」

「唔，這回表現還不錯。」鐵扇公主非常滿意，接過珍珠霜，伸出無名指，挖出一大坨，就往臉上擦。那臉擦得就像白瓷一般，又白、又平、又滑、又亮。

「我再給您泡茶去」，牛魔王討好地說。

「看來這牛可沒有白吹……」鐵扇公主沾沾自喜呢！

牛魔王端來一杯涼茶。

小蟲朝茶杯飛來。

這小蟲就是小聖變的呀！

好「小蟲」，先在杯口上立定，然後像跳水運動員似的，空中翻轉三圈，躍入茶水中，最後來個潛泳，隱蔽在茶葉底下。

鐵扇公主溫柔地撒嬌：「好老公，你好——好可愛哦——」

說完，她舉起杯來，一飲而盡。

轉眼間，小聖已隨茶水一道，流到鐵扇公主的肚子裡。

他恢復原形大叫：「嬸嬸，快借扇吧！」

「誰在叫我？」鐵扇公主扭頭尋找。

「是我，小聖。」

「小聖？你、你在哪裡？」

「我在你的肚子裡呀！」怕她不信，小聖用指頭在鐵扇公主的肋間輕輕撓了撓，撓得鐵扇公主笑彎了腰，快要受不了了。

牛魔王在一旁勸告：「快答應借扇，免得吃苦頭。」

鐵扇公主曾經吃過孫大聖的苦頭，再也不想吃小聖的苦頭了。她連聲地說：

「好啦，好啦，我答應！」

就在這時，肚子裡又傳出聲音：「牛伯伯，我聽你的話，只嚇唬嚇唬她。」

鐵扇公主怒目而視，牛魔王慌得直流汗。

「這傻小子，豈、豈不是害我嗎？」牛魔王心裡嘀咕。

肚子裡再次傳出小聖的聲音：「嬸嬸，你還要答應不隨便吹牛。牛伯伯個子這麼大，被你吹來吹去，難不難看？」

「我承諾，我同意，我答應……」

聽鐵扇公主這麼一說，小聖才從她的口中一躍而出。

牛魔王拿來芭蕉扇，對小聖豎起大拇指。

「謝謝啦！」小聖說。

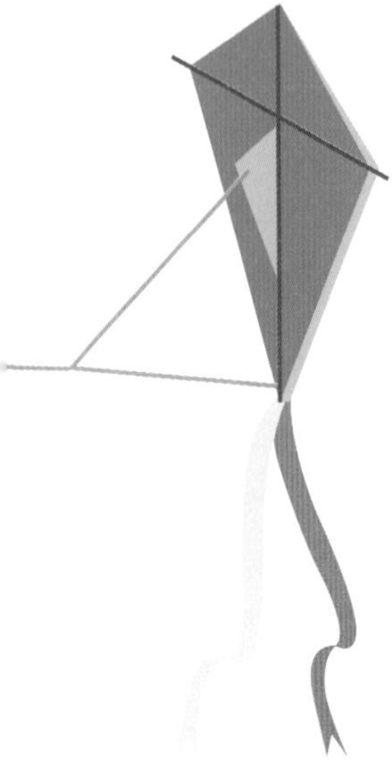

扛起芭蕉扇，小聖跳上雲頭，回頭向送到門口的牛魔王夫婦揮手道別。走到半路，小能正好從苗家莊回來了。

「小聖！」

「小能！」

兩人高興地打招呼。

「有了芭蕉扇，不愁風箏飛不上天。」小聖說。

兩人降落到一塊空曠的草坪。

小聖把風箏交給小能，揚了揚手中的芭蕉扇：「我來搧風，你來放。」

「好。」奶媽親手製作的風箏，小能一次也沒玩過呢！

遠遠的，楊戩看見小聖、小能又在放風箏，他得意地自言自語：「哈，兩個傻小子，沒有風，玩不起來了吧？」

小聖揮動芭蕉扇——

這時，哮天犬跑到小能身後。楊戩見狀大驚，「不好！」立即跳到半空。

芭蕉扇的風力太猛了。

拿著風箏的小能和哮天犬立刻飛了出去，在空中翻了無數個跟斗，把頭都「翻」昏了。

吹到一個荒島，風力漸小，小能和哮天犬翻著跟斗向荒島墜落……

島上有個黑洞。

真是無巧不成書。他們正好掉進了這個又深、又黑、又曲曲彎彎的洞裡。他們像坐螺旋滑梯一樣，眼前不停變換奇形怪狀的畫面，耳邊全是「呼呼」聲。

哮天犬嚇得汪汪叫。

小能趕緊閉了眼。

也不知過了多久，「吧唧」一聲，他們落到洞底。

小能和哮天犬面面相覷：「咱們出不去啦！」

「汪汪汪汪汪……」也不知哮天犬叫的是什麼意思？

那邊，小聖在雲端焦急地向下尋找：「小能不見了。小能，小能，你在哪？」

二郎神楊戩駕雲追過來：「我的狗也一起失蹤了！」

他們一起找啊、找啊……卻一點影子也找不到。

「這芭蕉扇風力太猛，吹得牛魔王都分不清方向，更不用說小能和哮天犬了……」小聖說。

「我的哮天犬呀！」楊戩的嗓子都變了調。

「要是有正常的風，小能放起風箏，我們就能找到他們……」小聖自語。

「對，對！」楊戩恍然大悟地抓著後腦勺。

趕緊再去找風伯。

楊戩前面行，小聖後面跟。

來到風伯家。楊戩對風伯說：「幫幫忙，快放風！」

風伯火了：「一會逼我收，一會求我放，你這人怎麼這麼麻煩？」

「原來又是你在搗鬼呀！」小聖想起剛才放風箏，突然風停了的事。

楊戩被數落得狼狽不堪。

小聖把要找小能的事告訴風伯。

風伯一聽，馬上提起他的風口袋，對小聖說：「這好辦，我來放一點風箏專用風，再差勁的風箏也能飛得高高的。」

「風箏專用風？」小聖頭一次聽說這種風，以前只知道微風、大風、颱風、颶風什麼的，他高興得跳起來，「呵呵，謝謝風伯伯！」

風伯飛上雲頭，將風口袋打開一點，漏出一縷不大不小的風來……

＊＊＊＊＊＊＊＊＊＊＊＊＊＊＊＊＊＊＊＊＊＊＊＊＊＊＊＊＊＊＊＊＊

再說那曲曲彎彎的黑洞裡。

小能和哮天犬彷彿走進迷宮一樣，哪裡分得清東西南北呀！

小能帶著哮天犬走了一回，走來走去，又走回原來的落腳點啦！小能說哮天犬的狗鼻子嗅覺靈敏，也許會記得原路，就讓哮天犬領頭，自己跟在後走。誰知道，在這黑咕隆咚的迷宮洞裡，狗鼻子也失靈了。哮天犬領著小能走了老半天，完全迷路了。

他們差不多要絕望了。

「奶媽會更想我的……」小能喃喃道。

「二郎神會不會想我呢？」哮天犬心裡嘀咕。

就在這時，小能驚喜地看到，身邊的「奶媽風箏」輕輕動了一下，又動了一下，接著緩緩飄起來。

「風來了，風來了，風箏動了！」小能喜悅地叫道。

「汪汪，汪汪！」哮天犬也「汪」出了牠的興奮。

這下好了。小能拉著風箏線，哮天犬銜著小能的褲子，他們在曲折的洞中穿行。

跟著風箏走，總會找到出口……

前面出現一片耀眼的亮光！

小能心裡大喜，只見風箏鑽出洞口，向上飄去。

他們爬出洞外。

小能對風箏上的「奶媽」說：「媽呀，總算出來啦！」

雲端上，小聖、楊戩、不輸、不敗、風伯激動地看著風箏飄上來。

「風箏！」小聖喊。

「小能！」楊不輸、楊不敗叫道。

「我的寶貝狗！」楊戩撲下去。

小夥伴們重新相會，別提那份濃濃的歡樂多有意思啦！

風伯對楊戩說：「下回別再沒事找事做了！」

楊戩抱著哮天犬尷尬地走開。

小聖、小能、不輸、不敗笑著一起放風箏去了。

天籮地網

這一天，小聖和小能正在門口玩，忽然聽見遠處傳來一聲驢叫。

小聖一聽就知道：「肯定是張果老的小毛驢。」

「八仙又上天來玩了！」小能說。

小能邊說邊往外跑，小聖緊跟在後。

但見呂洞賓、鐵拐李、韓湘子、藍采和、何仙姑、曹國舅……八位神仙各持請柬，騰雲而上。

張果老倒騎毛驢，手持唱本，正在走著瞧。

「果老爺爺，你們不去過海，到天上來幹嘛呀？」小聖問。

「對，天上又沒大海，一點兒也不好玩。」小能說。

張果老從唱本上抬起頭，對小聖、小能說：「王母娘娘請我們來赴蟠桃會呢！」

「蟠桃會？」小能的嘴角滴下口水。

小聖卻對張果老的小毛驢非常感興趣：「也讓我騎騎。」

「這驢脾氣怪，正著騎，牠不走，非倒騎不可。」張果老的脾氣倒一點也不怪，他跳下驢背，樂呵呵地對小聖說。

小聖便來學張果老倒騎毛驢。

那邊，小能討來韓湘子的玉笛，吹得嗚嗚咽咽響。

倒騎毛驢的感覺就是不一樣，小聖裝模作樣，手拿唱本，搖頭晃腦……

忽然，一個黑咕隆咚的怪物從天而降，剛好撞到驢頭。

那驢驚得立起，將小聖高高拋出。

「吧唧！」

跌落的小聖正好砸在小能身上，小能的笛子砸飛了，人也趴下了。

原來是黑龍怪。

黑龍怪匆忙要走，被小能從後面一把揪住：

「別走，你還沒說對不起呢！」

黑龍怪轉過身來，怒道：

「騎驢不看前方，是你違規！」

小能爬起來，對小聖悄悄說道：「他沒說錯，應該是你向他說『對不起』呢！」小聖抓著後腦勺，心裡一想：也許小能說得有理。

這時，那黑龍怪又急急忙忙，準備逃跑。小聖、小能趕緊衝到他前面，攔住他。

「等一下！」小能說。

「等我說了『對不起』再走！」小聖道。

「不用了，」黑龍怪哭笑不得，拔腳就走，「我逃命都來不及了……」

小能一向實在，他一把抱住黑龍怪的腰：「不行，一定要說『對不起』！」

小聖也用力拖住他的腿。

何仙姑眼睛好利，忽然發現上空有情況，她朝上一指：「你們看！那是什

麼？」

只見一個籮筐口朝下，底朝上，直線墜落下來。

張果老說：「是個籮筐呢！」

鐵拐李笑道：「哈，正好給我們裝桃子。」

還是呂洞賓見多識廣，他急忙對眾仙說：「大家快跑，別被罩在裡面！這是捉人的『天籮』。」

眾仙聽說是「天籮」，一下子慌了神。他們急忙騰雲下行，紛紛躲避。快要降到地面時，又見一張大網迎著眾仙，「呼呼」飛上來。

呂洞賓大喊：「不好，這是『地網』！」

上有天籮壓頂，下有地網包抄，八仙和小聖、小能，還有那個黑龍怪嚇得拚命逃竄。

這黑龍怪到底是何方神聖？

原來，他本是黑龍廟小神。每天，端坐在神龕裡，接受百姓們的燒香膜拜。

黑龍廟是一座不太有名的小廟，香火一點也不盛，前來求神的人，一天比一
天少。

可是廟小菩薩大，神小胃口大。黑龍怪整日托著下巴，總在想辦法多撈點好
處。

終於讓他想出一個「好」主意。

他搖身一變，化成一條黑龍，駕起雲頭，飛到河邊。

「嘩——」

黑龍怪張開大嘴，一口氣把河水吸乾了。

接著又把塘水吸乾。

把湖水吸乾。

連井水也不放過……

瘦黑龍變成了一條胖黑龍。

這方圓幾百里地面沒有水，叫老百姓怎麼生活呀！大家只得乖乖地拿禮物來換水，於是有的送來雞呀、鴨呀，有的送來魚呀、麵呀，有的送來豬頭呀、饅頭呀……

然後拿著桶呀、盆呀、罈呀、罐呀，在黑龍廟前排起長隊，等著「神龍」降水。

一隻雞只給五滴水，像眼淚般的水珠，掉進桶裡，連桶底也打不濕……

老百姓們怨聲載道，怒氣沖天。

這事很快就被玉帝知道了。

玉帝眉頭一皺：「這傢伙，好像也太過分了吧？」

「我能讓他不過分。」說這話的是李天王。

李天王很快地將黑龍怪抓進天牢。

沒料到，黑龍怪將搜括來的雞、鴨、魚、豬頭等，作為「伴手禮」，送給天牢獄卒一大半。這獄卒便睜一隻眼，閉一隻眼了。

黑龍怪有此便利，趁機逃出天牢，本想再次下到凡間，重操舊業，魚肉百姓……

沒想到，黑龍怪越獄逃跑的消息早傳到凌霄殿。

玉帝傳令巨靈神快到天宮寶庫取出天羅地網，迅速捉拿逃犯。

巨靈神來到南天門，口中念念有辭：

地網收，天籮蓋，
捉拿逃犯黑龍怪！

「我好不容易逃出來，再被捉回去豈不丟臉死了？」黑龍怪想，正要趁八仙們混亂之際趕緊溜走。

「哪裡走？」

只見巨靈神雙手舉起天籮，對著黑龍怪高聲喝道。

天籮像探照燈一樣投出光圈。

光圈罩住了黑龍怪。

小聖、小能、鐵拐李被一併罩住。

沒有被罩住的其他幾位匆匆逃走了。

小能手撐「光壁」急道：「糟了，我們也被光圈困住了！」

鐵拐李也懊喪：「都怪我這條跑不快的瘸腿！」

巨靈神抓緊地網。

被天籮罩住的幾位，統統被裝進地網。

一隻烏鵲振翅飛過：「好險！」

「大個子伯伯，快放我們出去呀！」小聖說。

「巨靈神，我李鐵拐犯了什麼天條？」

巨靈神提著地網，像漁夫打了一網魚，滿意地對著網裡打招呼：「對不起各位了，為了不讓黑龍怪再逃掉，要到天牢才能開網。」

一手提著地網，一手拿著天籮，巨靈神滿載「收穫」，向天牢飛去……

沒想到這地網越來越小，弄得網中的小聖、小能、鐵拐李、黑龍怪擠成一堆。小能胖嘟嘟，被擠得汗淋淋。

「太擠了！太擠了！」小能直嚷。

小聖身材苗條，擠倒無所謂，不過，他有一個大麻煩：

「我……我想尿尿，憋得好難受……」

聽小聖一說，黑龍怪卻興奮了。

「要尿尿？好事！這網繩雷打不斷，就怕童子尿！」

小能正義感很強：「小聖，一定要堅持住，不能幫助壞蛋呀！」

小聖捂著小腹，艱難地說：「我……我知道……」

黑龍怪拿出一顆閃閃發光的七龍珠賄賂小聖：「幫我一下，這寶珠就歸你了。」

小聖夾著大腿，彎下腰，雖然很想要寶珠，但還是態度堅決，一手拒絕。

「不，憋死我……也不幫壞蛋！」

小能在一旁著急：「我要快快想個辦法，既不放走壞蛋，也不能憋死小聖……」

忽然看見鐵拐李腰間掛了個葫蘆，小能高興地說：「有了。」

小能連忙附在鐵拐李耳邊跟他商量：「鐵爺爺，不，李爺爺，小聖憋得難受，能不能借您的葫蘆……」

鐵拐李摟住葫蘆，顯得挺為難的。

「我……我這是裝酒的葫蘆呀！」

小能再拜託：「好爺爺，真的把小聖憋壞了，您老心裡也不好受。再說，您也不用裝什麼喝什麼呀！您說是不是？」

「罷罷，我就見義勇為，犧牲這一回啦！」

鐵拐李解下酒葫蘆，毅然決然捧給小聖。

「完了！」黑龍怪沮喪極了。

小聖卻一下子輕鬆多了，他對鐵拐李說：「這葫蘆我幫您拿……」

嚴禁獵殺鳳凰

終於到了天牢，巨靈神把地網中的「好蛋」和「壞蛋」一一分開。

首先拎出黑龍怪，丟進天牢關起來。原來的那位天牢獄卒已被革職，送到凡間做狗去了。

巨靈神不好意思地對小聖、小能和鐵拐李說：「委屈你們啦！」

「沒什麼！」小能回答，「要不是為了捉拿黑龍怪，這輩子還不一定有進天籮地網的機會呢？」

小聖卻忙著向鐵拐李道謝：「也委屈您的葫蘆啦！」

鐵拐李一邊捏著鼻子，將葫蘆裡裝的尿往外倒，一邊不自然地假裝沒事：

「沒、沒什麼！只是不知道蟠桃會上的桃子分完沒有？」

「對呀！」小聖說。

「咱們快走。」三人結伴同赴蟠桃會。

＊＊＊

楊戩碰見巨靈神，立即看上了那個天籮。

「這個籮給我吧，用它裝桃子不容易爛。」

楊戩臉皮厚，伸手討好處可是一點也不害羞的。

巨靈神說：「天籮地網是公家的寶貝，我正要送入天宮寶庫。」

「嘻，公家的便宜不占白不占呀！」二郎神賊嘻嘻地暗想。

他馬上冒出鬼主意，對巨靈神說：「這樣好不好？你去領桃子，這籮和網我替你送去。聽說今年蟠桃歉收，晚了就沒啦！」

「那謝謝您了。」

巨靈神將天籮地網交給楊戩，急急趕去領蟠桃了。

「人說頭髮長，見識短；我看個子大，腦子少。這傻大個子，被我一哄就哄走了，嘻嘻……」二郎神望著巨靈神遠去的背影，偷偷地樂，心想：「有了這天籮地網，我可以大幹一場啦！」

「自從嚴禁捕殺鳳凰，好久沒吃鳳肝，那鳳肝……」楊戩想起鳳肝就口水直淌。

天郵使飛毛腿送信，正好路過這兒。楊戩把他叫住：「你去通知各家，說玉帝試驗新寶貝，為防誤傷，都別出門了。」

「好的。」

飛毛腿忙著去發「通知」。

楊戩躲在一棵梧桐樹後，終於發現目標：一隻五彩繽紛煞是好看的鳳凰，正朝梧桐樹翩翩飛來。原來鳳凰自視高貴，非梧桐樹不棲。

楊戩用力向樹上的鳳凰撒出地網，正要得手時，突然傳來一聲驚叫：

「爸爸！」

網雖撒開，但那鳳凰卻聞聲驚飛。

令楊戩惱火的是：鳳凰沒逮住，倒把兩個兒子楊不輸、楊不敗一起罩在網裡。

楊戩怒道：「你們來幹什麼？」

「爸爸，捕鳳凰是違法的！」楊不輸說。

「對，鳳凰是特級保護動物。」楊不敗說。

「不要你們管！」

二郎神楊戩一點都不理睬兒子們的勸阻，他從地網中像拿出兩隻青蛙似地，拎出兩個兒子，一心去追捕鳳凰。

不敗對不輸說：「哥哥，咱們找小聖、小能去。」

＊＊＊

小聖、小能領了蟠桃，走出蟠桃園，正邊走邊吃……

楊家兄弟趕過來。

兩人嘰嘰喳喳地將老爸二郎神要用天羅地網獵殺鳳凰的事兒，一古腦兒說出來，要小聖、小能幫他們阻止老爸的惡劣行徑。

小聖性子急，說：「快走！」

他們向梧桐樹跑去。

「你們看！」不輸用手一指。

但見那棵枝繁葉茂的梧桐樹上，停著一隻美麗的五彩鳳凰，兩隻烏鵲正圍著鳳凰飛鳴，牠們都沒注意到楊戩撒出的地網已在自己的頭頂張開，那天籮也在更高處輻射出光罩……

真是千鈞一髮呀！

不輸、不敗乾著急。

小聖、小能卻不顧一切，拚命向天籮地網下跑去。

收天籮，拉地網，小聖、小能以及鳳凰、烏鵲全都被楊戩捉住了。

「哈，你們倆是自投『籮網』，委屈一會兒吧！」楊戩高興地對網中的小聖、小能說。

「嘻，還意外地捕到兩隻烏鵲，」楊戩背起一網獵物，拿著天籮，一邊走，一邊得意地盤算：「一隻清燉，一隻紅燒……」

哪知道小聖和小能是故意讓楊戩網住的呢，他們想設法救出鳳凰和烏鵲。

小聖拔下一根頭髮，吹口氣，變成一把剪刀，開始剪網繩。

「糟糕，剪不動。」小聖說。

「不愧是地網！」小能歎氣。

急中生智。小能一拍腦門：「對了，你可以用童子尿！」

「可是，我現在……尿不出來了！」小聖急了。

小能說：「我倒是有，不知道有沒有用。」

小聖說：「你的尿也是童子尿呀，快試試！」

小能的尿果然也起了作用，沖斷了網繩。

鳳凰飛走了，烏鵲飛走了。

小聖、小能相繼跳下。

二郎神楊戩忽然覺得背上輕了許多，扭頭一看，真是又驚又怒：「天哪！網破了！肯定是那兩個搗蛋鬼幹的好事，我跟他們沒完沒了！」

惡人先告狀。楊戩拿著破網，來到凌霄殿，對玉帝說：「小聖、小能弄破地網，損壞公物，請陛下治罪。」

玉帝宣小聖、小能進殿，指著地上的破網問：

「小聖、小能，這地網是不是你們倆弄破的？」

「是楊戩獵捕鳳凰，我們才……」小聖抗議道。

「楊不輸、楊不敗可以作證。」小能在一旁幫腔。

「我問是不是你們弄壞的？其他的我不問。」玉帝明顯在偏袒外甥。

「是我！」小聖搶著承擔責任。

「不對，是我！」小能急了。

「別吵啦！」玉帝說道，「看在你們倆乖乖認錯的分上，這樣吧，你們有本事修好地網，就可免罪。不然的話……」

就在這時，織女挺身而出，「你們救了為我跟牛郎搭橋的烏鵲，我理當報恩。」

說完，她拿出梭子，穿梭引線，一會兒就將地網補好了。這可是織女的看家本領呀！

小聖、小能跟織女一起走出凌霄殿，卻見一隻鳳凰，領著一群烏鵲，正向二郎神楊戩「呼呼」飛來。

「不好，牠們來找我算帳了！」楊戩慌忙逃跑。

可是那鳳凰和烏鵲又啄又咬，不依不饒，疼得楊戩哇哇怪叫。

小聖、小能和織女哈哈大笑起來。

周銳作品集
幽默西遊之五：哮天犬交女朋友

2012年3月初版　　定價：新臺幣270元

著　者　周　　銳
繪　圖　洪　義　男
發行人　林　載　爵

出版者　聯經出版事業股份有限公司
地址　台北市基隆路一段180號4樓
編輯部地址　台北市基隆路一段180號4樓
叢書主編電話　(02)87876242轉213
台北聯經書房：台北市新生南路三段94號
電話：(02)23620308
台中分公司：台中市健行路321號
暨門市電話：(04)22371234ext.5
郵政劃撥帳戶第0100559-3號
郵撥電話：(02)23620308
印刷者　文聯彩色製版印刷有限公司
總經銷　聯合發行股份有限公司
發行所：台北縣新店市寶橋路235巷6弄6號2樓
電話：(02)29178022

叢書主編　黃　惠　鈴
編　　輯　張　倍　菁
校　　對　趙　蓓　芬
整體設計　陳　淑　儀

行政院新聞局出版事業登記證局版臺業字第0130號

本書如有缺頁，破損，倒裝請寄回台北聯經書房更換。　ISBN　978-957-08-3966-1 (平裝)
聯經網址：www.linkingbooks.com.tw
電子信箱：linking@udngroup.com

國家圖書館出版品預行編目資料

幽默西遊之五：哮天犬交女朋友／
　周銳著．洪義男繪圖．初版．臺北市．聯經．
　2012年3月（民101年）．180面．14.8×21公分
　（周銳作品集）

ISBN　978-957-08-3966-1（平裝）

859.6　　101002611